일의
빡침과
기쁨

일의 빡침과 기쁨

오이웍스 지음

Aamu press

일러두기
이 책의 표기법은 국립국어원의 원칙을 따르되, 일부 표현은 저자의 의도를 반영해 원문을
유지했습니다.

오늘도 열심히 출근한 당신에게

아침이 되면 그냥 출근하고 싶지 않은 마음이 생겨요.

어이없는 실수를 할 때는 내 자신이 바보같이 느껴져요.

그래도 점심시간을 생각하면 항상 설레는 마음이에요.

오늘은 연어 포케?
다이어트?

외근을 할 때면 바깥 공기를 마셔서 좋아요.

스읍
하아

그래도 퇴근 후 넷플릭스에 감자칩이 최고

아, 행복

이불 속에 들어가면 아침이 오는 게 너무 싫다는 생각이 들어요.

내일은 또 어떤 하루가 시작될까요?

Contents

Chapter 1

Chapter 2 나 잘하고 있는 거겠지?

Chapter 3

Chapter 4

이 책을 읽는 법

1. 일단 퇴근을 하세요.

2. 저녁 먹고, 샤워하고, 편안한 옷으로 갈아입으세요.
(순서는 상관없음)

3. 맥주를 하나 까세요.(무알콜도 상관없음. 하이볼도 괜찮음. 캐모마일티 같은 건 좀…)

4. 옆에 감자칩도 있으면 행복하죠.(난 프링글스 초록색 애호가!)

5. 맥주를 홀짝 거리며 책을 읽어봅시다.

6. 우리는 내일, 혹은 다음주에도 회사에 나갈 테지만 지금은 행복하고 평온하기로 해요.

환영합니다.
물렁이의 워크 라이프로!

Chapter

아자!아자!
잘할 수 있다!

나의 하루

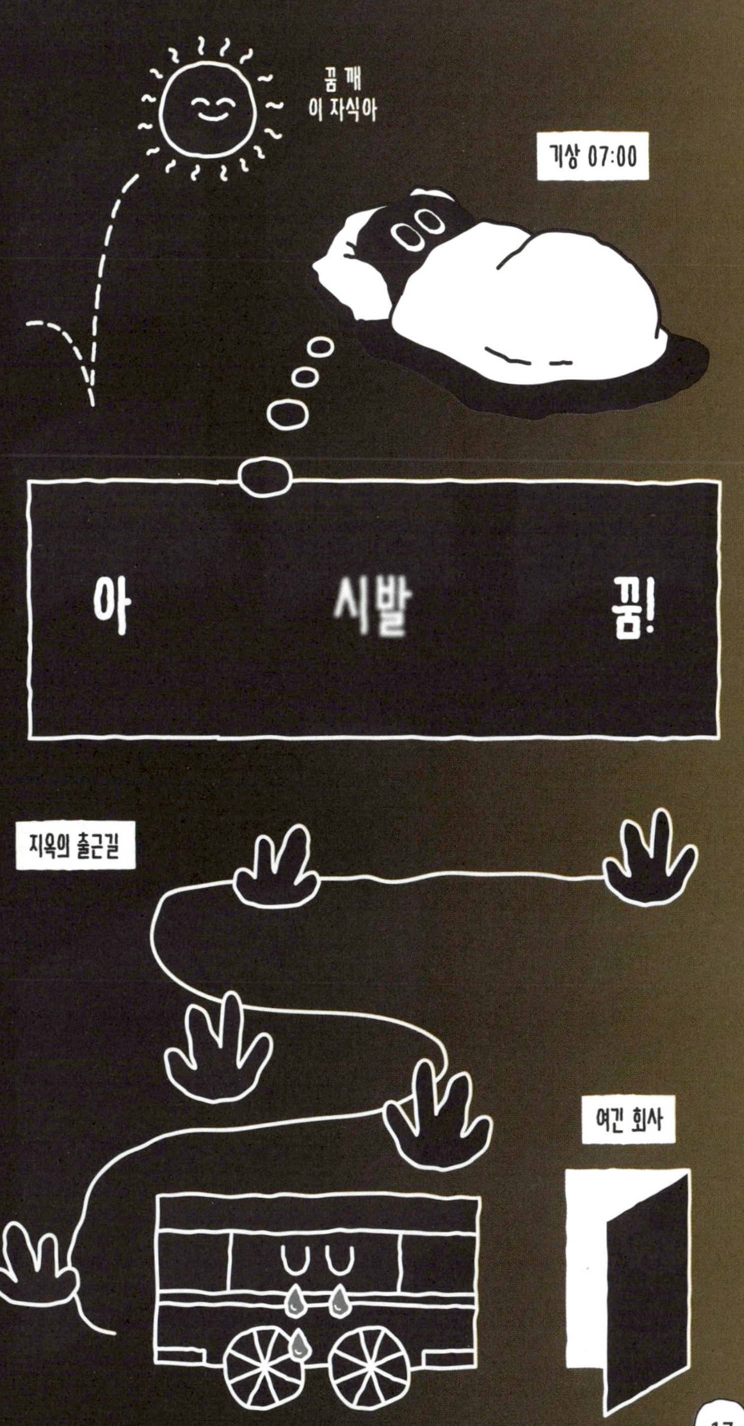
꿈 깨
이 자식아
기상 07:00
아   시발   꿈!
지옥의 출근길
여긴 회사

출근 09:00
들어가기 싫다고!
눈치 없는
엉덩이

오늘 드렸지만 오늘까지 부탁드립니다!
수정 부탁드립니다!
확인 부탁드립니다!
마지막 수정 부탁드립니다!
빨리 부탁드립니다!

점심시간

제육볶음
돈가스
칼국수
만둣국
맛있는거 먹어야지
칼국수 주세여

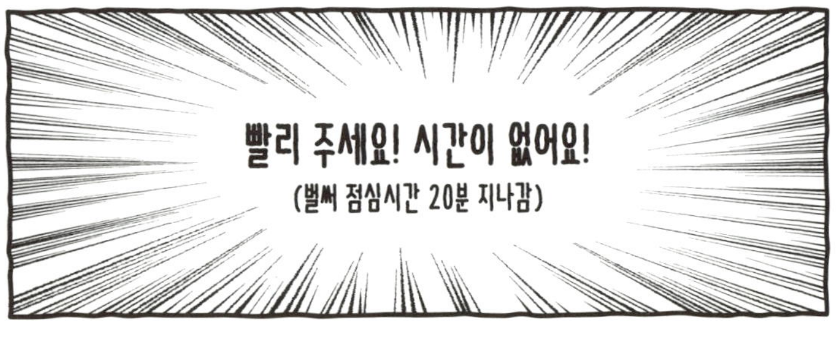

빨리 주세요! 시간이 없어요!
(벌써 점심시간 20분 지나감)

먹는 건 10분이면 충분해
후루룩
후루룩
후루룩

눈꺼풀이 내려오는 오후 시간

혈당 쇼크
너무 짜게 먹었나
물렁씨
물렁씨
물렁씨
물렁씨
물렁씨
물렁씨
그만 불러 이 자식들아

자체 휴식

회사에서 내가 제일 좋아하는 시간은
옥상에서 광합성할 때
녹는다 녹아

한 시간만 참으면 집 간드…어?
곰 팀장
내일 오전 중으로 자료 부탁
물링씨 믿어요.
_그럼 문제 생기면 연락 주고
즐퇴~

오늘도 밝게 빛나는 나의 모니터
난 정말 멋있어
나는 어둠 속에서 빛나는 존재
하하…

Q. 꿈꿔왔던 회사 생활을 하고 있나요?

첫 출근날은 원래 이런 건가요?

나도 이제 1인분을 하는 건가?

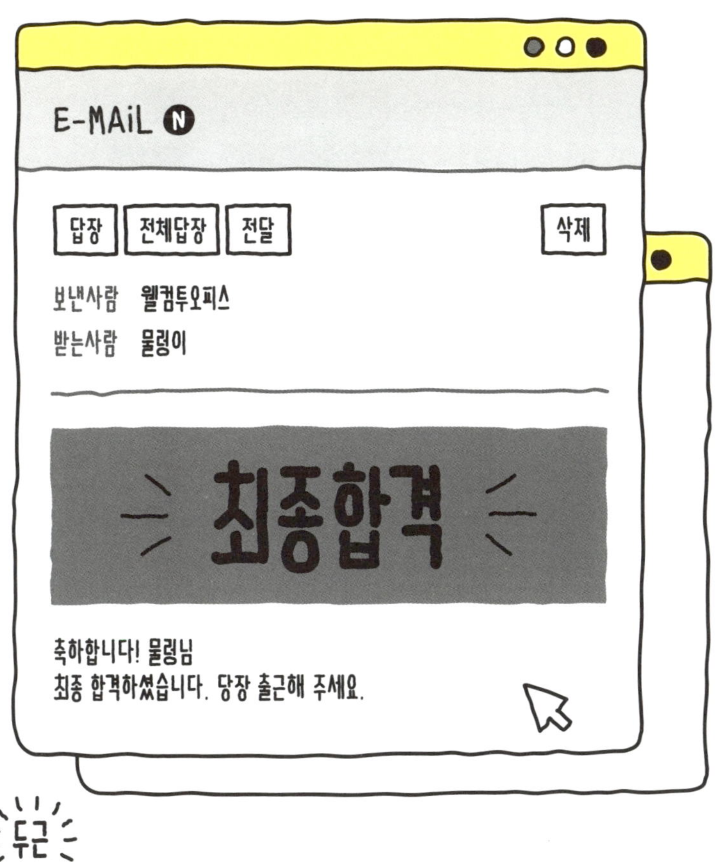

첫 출근
두근
두근
두근
두근
내가 출근을
하다니!
완전
어른 같아
두근
두근

만원 버스와 지하철을 지나 회사로 향합니다.

나는 이제 출근하는 어른이야

월급 받으면 구글 아이크림 5개 사먹을 거야

벌써 멋지다 마음껏 시켜 먹을 수 있지

타닥
딸깍
타닥
딸깍
딸깍
타닥
타닥
딸깍
타닥
(나만 빼고 바쁜 소리)
오늘 어떤 일을 하게 될까?
그냥 이러고 있으면 되나?

벌떡
휙
벌떡
휙

(안절부절) 왜 아무 일도 안 시키지?
나 왜 뽑았지?
...
제발
뭐라도 시켜주세요!

출근 전날, 마치 소풍을 앞둔 아이처럼 들떠 있었다.
하얀 셔츠를 다림질하고 구두를 닦고
내일의 나를 그려보며 옷과 신발을 가지런히 두었다.

너무 긴장한 탓일까? 출근 시간보다 30분이나 일찍 도착해버린 텅 빈 사무실.
콩닥콩닥 내 심장 소리가 사무실에 울릴 것만 같았다.
배정받은 책상은 낯설었고 의자는 내 키보다 살짝 높았다.

커피머신 앞에서 만난 누군가에게 조금은 뻘쭘해하며
"안녕하세요" 하고 건넨 첫인사.
그 짧은 목소리마저 조금 떨렸다.

"자, 여기 앉아서 기다리세요"라는 짧은 안내가 끝나자마자
사람들은 각자의 모니터 속으로 빨려 들어갔다.

'나 지금 뭐 해야 하지? 근로 계약서는 언제 쓰지?'
다들 바빠 보이는데, 나만 멈춰 있는 것 같았다.
투명 인간이 된 것 같은 기분이 이런 것일까?

점심시간이 다가오자 뻘쭘함은 최고조에 달했다.
'밥은 어디서 먹지? 혼자 먹어야 하나?'
다행히 팀 사람들이 나를 챙겨줬지만,
밥이 입으로 들어가는지 코로 들어가는지 알 수가 없었다.
퇴근길, 이상하게 코끝이 찡해졌다.

뭔가 해낸 것은 같은데… 서럽고, 외롭고, 어색하다.

다들 이렇게 어른이 되고 사회생활을 시작하는 것일까 하는 마음이 들었던

짧았지만 길고 긴 하루.

Q. 당신의 회사 첫날은 어땠나요?

자료조사, 그리고 실수

회의실
이거 이거 둘이 잘 해봐요
곰 팀장님
넵
신입 시절 물렁이
물렁씨는 시장조사 좀 해주세요
레퍼런스만 모아주면 될 것 같아요
화난 거 아님 일 많아서 예민한 멍 대리님
예민
궁금한 내용 있어요?
앗 레퍼런스만?
아뇨! 없어요

좀 시시하지만 그래도 시키신 일이니까
검색

흐암
으 시시해 자료나 찾다니

대리님 여기 자료조사 파일 전달드립니다
레퍼런스.ZiP
용량: 25MB
네 확인해볼게요

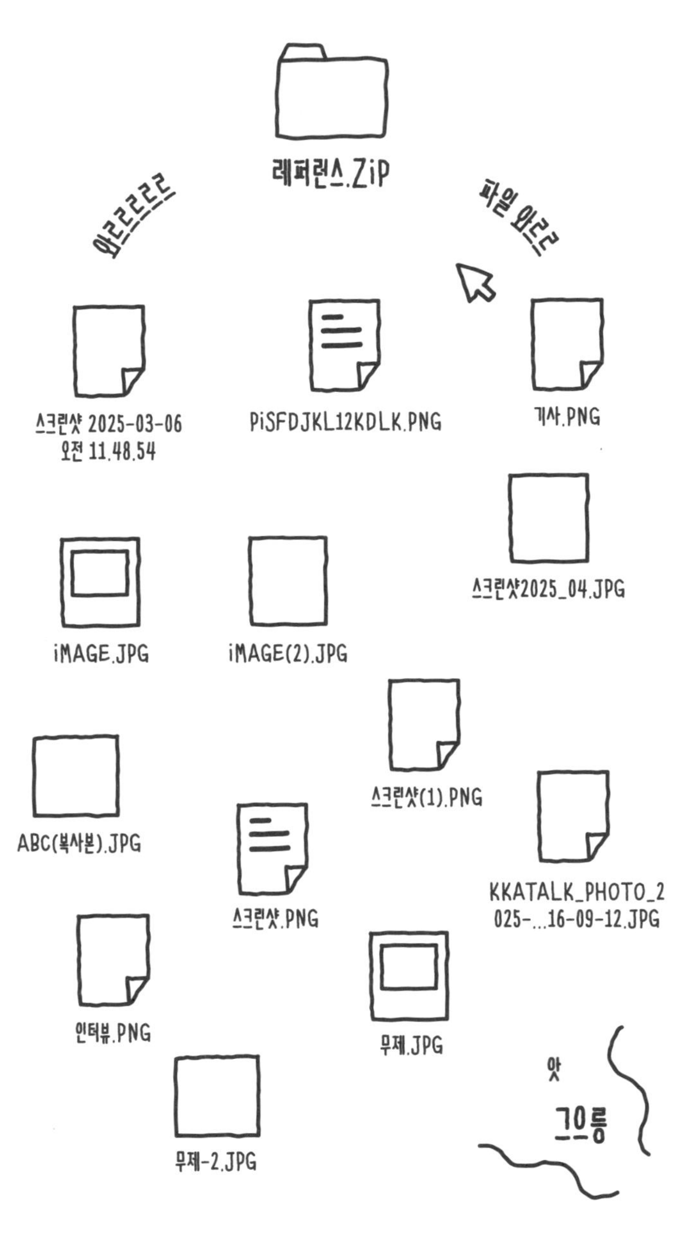
레퍼런스.ZiP
악ㄹㄹㄹㄹㄹ
파일 왕ㄹㄹ
스크린샷 2025-03-06 오전 11.48.54
PiSFDJKL12KDLK.PNG
기사.PNG
스크린샷2025_04.JPG
iMAGE.JPG
iMAGE(2).JPG
ABC(복사본).JPG
스크린샷(1).PNG
스크린샷.PNG
KKATALK_PHOTO_2025-...16-09-12.JPG
인터뷰.PNG
무제.JPG
무제-2.JPG
앗
ㄱㅇ롱

HTTP://WWW.XYZ.CON/
12.34-SFKLJGDFGDFLD-
DFDFGKLDKD/BLOGDF-
G/DFGLKLDFGLKJSLK-
JSKLFJKXCV-124KL/235
오!
이런 자료도 있어요!
이런 건 어떨까요?
…네 볼게요
자료 보고 화남
그으릉
그으릉

멍 대리의 내면

아악!
왜 저딴 게 들어왔지!
아오!!

개 짖는 소리 좀
안 나게 해라!

제대로 한 거 맞나?
그으릉
그으릉
끼익-

기본이 안 되어 있잖아?
가뜩이나 일도 많은데
귀찮은 표정
부들부들

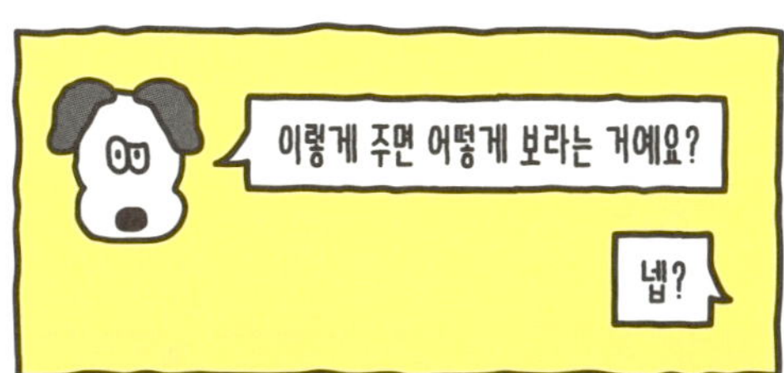

물렁씨
이렇게 주면 어떻게 보라는 거예요?
넵?

화장실에서 몰래 우는 중
어쩌지? 엉엉

입사 후 며칠은 단순 반복 업무의 연속이었다.

자료조사, 프린트, 회의록, 서류 정리, 스테이플러 찍기…

업무가 슬슬 손에 익어가자 '회사 일 별거 아니네?'라는 섣부른 자신감이

고개를 들었다.

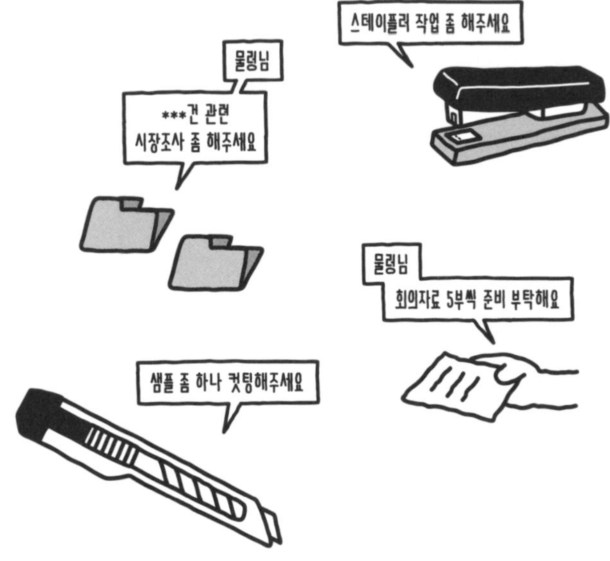

그러던 어느 날, 레퍼런스 자료를 모아 달라는 요청을 받았다.

나름 성실하게(…라고 믿고 싶다) 정리해 드렸는데,

돌아온 말은 뜻밖이었다.

"물렁님, 이렇게 주면 어떻게 보라는 거예요?"

순간 심장이 쿵, 내려앉았다.

설명을 듣고 파일을 다시 열어 뒤죽박죽 정리 안 된 파일명을 보니

얼굴이 화끈거렸다.

정리는 이렇게, 공유는 이렇게, 질문은 이런 식으로….

크게 혼난 건 아니었지만 퇴근길은 묘하게 무거웠다.

며칠 뒤, 풀이 죽어있는 내게 상사가 건넨 말은 뜻밖의 위로이자 배움이었다.
"사람마다 일을 시키는 방식이 달라요.
친절한 사람도 있지만 귀찮아하는 사람도 있죠.
회사란 곳은 혼자가 아니라 여럿이 함께 일하는 곳이니까
상대가 어떤 방식으로 내가 만든 결과물을 보는 게 편할지 고려하면서
일하면 좋아요. 그리고 너무 마음 다치지 말아요."

머리로는 이해했다. '그래, 실수하면서 크는 거지.'
하지만 마음은 그렇지 못했나 보다.
며칠 동안 밤에 침대에 누우면 계속 혼나던 상황이
팝업창처럼 눈앞에 켜졌으니까.
'아, 왜 그랬지…'
이불을 머리 끝까지 뒤집어 썼다.
내일은 조금 더 똑똑한 버전의 나로 일하고 싶다.

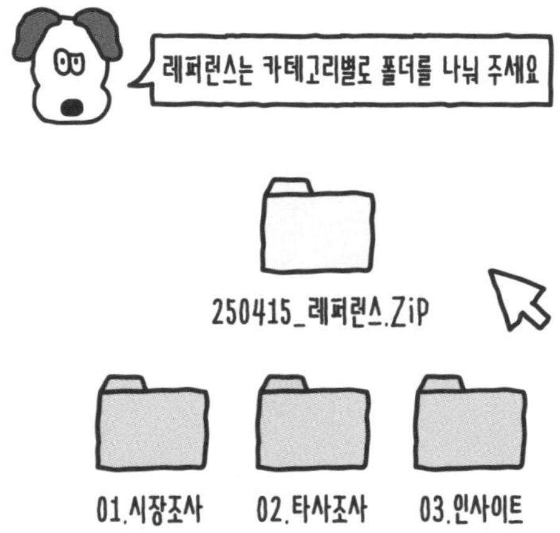

Q. 회사에서 처음 들었던 따뜻한 말과 차가운 말, 기억나요?

점심시간

우리에게 주어진 점심시간은 딱 1시간

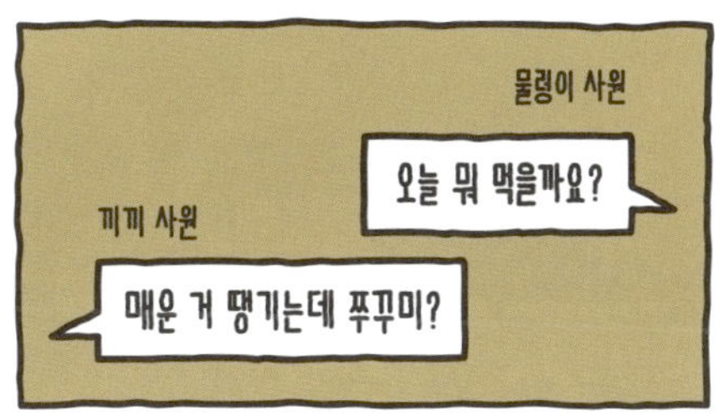

식사시간이 오래 걸리는 메뉴를 고른 날에는
파워 J가 된다.

EX) 샤브샤브, 닭갈비, 즉석떡볶이 등등

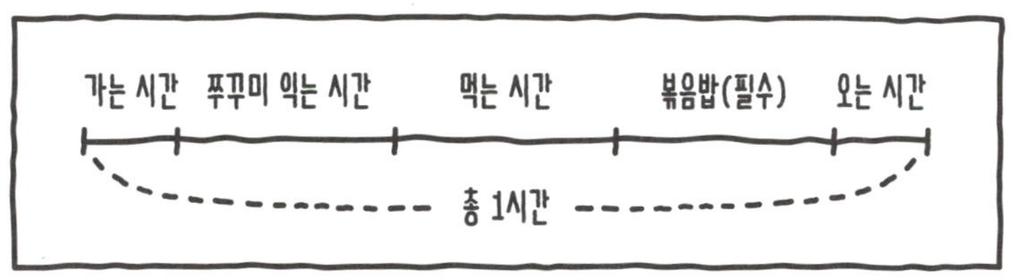

10분 내로 푸꾸미 집에 도착해서 주문하기

메인 요리를 빨리 먹고 (타이밍 잘 맞춰서) 볶음밥 시키기

미션 3

늦지 않게 들어가기

물렁이와 끼끼의 초기 점심시간

걸어가면서 메뉴 정하기
뭐 먹지?
터벅
터벅
흠

소심한 메뉴 주문
볼 때까지
손들고 있기
주문…
(둘 다 목소리 작은 편)

천천히 먹기
ㄴ
~
굿

항상 시간이 부족했다
왜 이렇게
먹다 만 느낌이지?

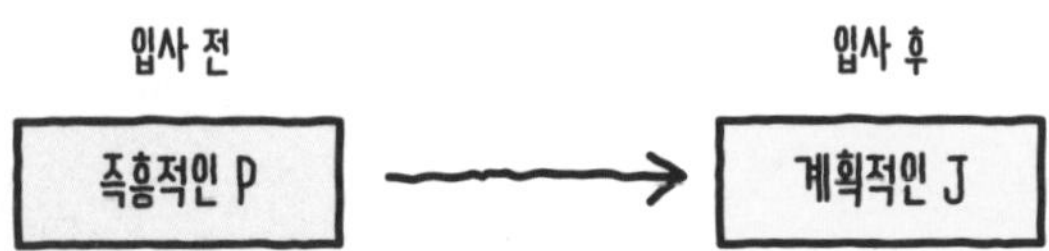

입사 전, 나는 분명 P였다.
즉흥적이고 마음 가는 대로 움직이는 사람이었다.
그런데 직장생활을 하며 다시 테스트를 해보니, 어느새 J가 되어 있었다.
아, 이 놀라운 회사의 힘이여!

일할 때도 계획은 필요하지만
1시간이라는 고귀한 점심시간을 쓰는 데도 치밀한 전략이 필요하다.
식당에 가서 주문만 했을 뿐인데 벌써 15분이 지났다면 얼마나 아쉬운지.
특히 한국인의 소울 디저트, '볶음밥'까지 챙겨 먹어야 하는 날이라면
1분 1초도 허투루 쓸 수 없다.

전투적으로 밥을 긁어먹고 점심시간이 살짝 초과되어 급하게 뛰어 들어오는데
로비에서 커피를 사 들고 여유롭게 들어가는 팀장님과 마주쳤다.

하마터면 '팀장님, 어떻게 해야 밥 먹고 커피까지 사 마시는 여유가
생기는 걸까요?'라고 질문할 뻔했다.

Q. 내일 점심에는 누구와 뭘 먹을 예정이에요?

월급날이었는데

Q. 오늘 아침이 상쾌한 이유?

A.

월급날

솔직히 한 달에 3번은 줘야 하는 거 아님?

띠링

입출금 알림
BANK
입금 2,***,***원 웰컴투오피스 월급
잔액 2,***,***원

3주 전부터
장바구니에 담아놨던

신발을 구매하 띠링 ㄹ

띠링

띠링

띠링

입출금 알림
BANK
입금 2,***,***원 웰컴투오피스 월급

입출금 알림
BANK
출금 *,***원 너트뷰 프리미엄

입출금 알림
BANK
출금 ***,***원 대출이자

입출금 알림
BANK
출금 ***,***원 카드비

입출금 알림
BANK
출금 **,***원 보험료
잔액 **,***원

아 그만...

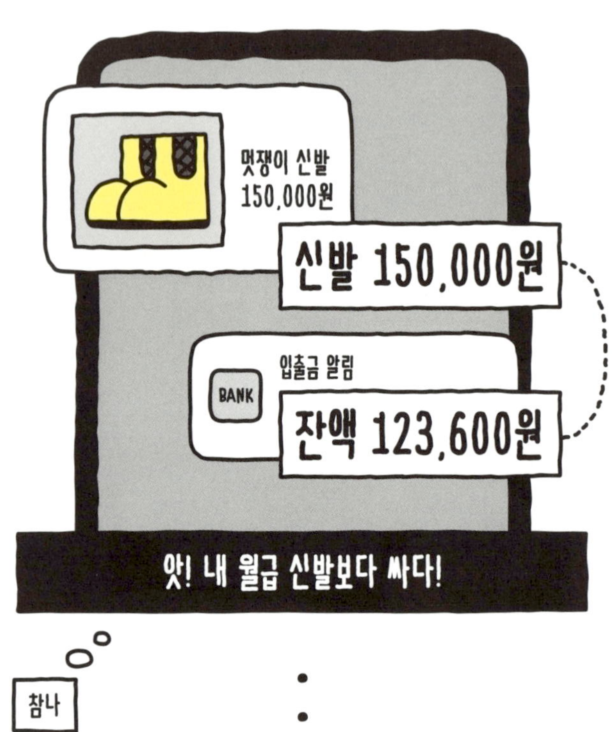

멋쟁이 신발
150,000원
신발 150,000원
입출금 알림
BANK
잔액 123,600원
앗! 내 월급 신발보다 싸다!
참나

신발은 다음 달의 내가
사주는 걸로…
월급이 그냥 지나가는 수준
하하

회사에 다니면 금세 돈을 모아 부모님께 용돈도 드리고, 차도 사고,

집도 살 줄 알았다.

현실은? 첫 월급을 받자마자 깨달았다. '아, 그건 판타지였구나.'

월세, 교통비, 밥값, 통신비, 보험료, 결혼식 축의금 등이

내 월급을 야금야금 먹어치운다.

통장 잔액은 매번 영어공부에 실패하는 내 의지처럼 아주 가볍기만 했다.

가끔은 이게 돈을 버는 건지 잠깐 구경했다가 보내는 건지 헷갈릴 때도 있었다.

(눈물 닦고) 그래도 가끔은 작은 기쁨을 만들 수 있다.

가족에게 소금빵에 커피 한 잔 정도는 쏠 수 있고,

다이소에 가면 펜이나 마스킹테이프를 가격표도 안 보고 통 크게 담기도 한다.

그럼에도 오늘 역시 '아, 로또 같은 거 좀 안 되려나' 하며

허공에 기대를 던져본다.

(근데 진짜 주식 공부는 해야 할 것 같은데…)

Q. 한 달에 얼마 정도 벌면 좋을 것 같아요?

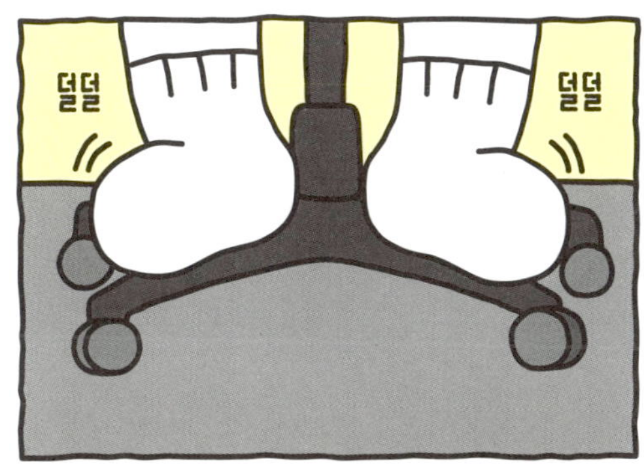

덜덜
덜덜

안절~ 부절~

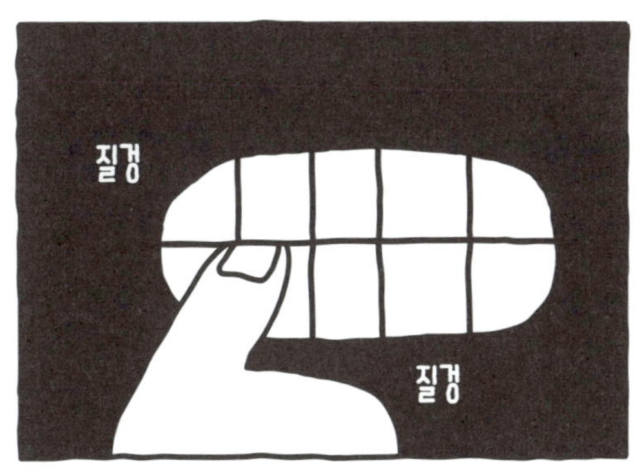

질겅
질겅

오늘 나의 임무는 업체에 전화 걸기

왠지 멀게만 느껴지는 전화기입니다.

전화 걸기는 왜 무서운 걸까?

3. 내가 모르는 걸 물어볼 때 당황스러움

이건요?
저건요?
그건 잘 모르겠어요
그것도 모르겠…

4. 즉답을 요구하는 경우가 많음

지금 좀 급해서 그런데
유선으로 바로 알려주실 수 있을까요?
수-욱
바, 바로요?

5. 상대방 표정을 볼 수 없어 예측 불가
단가 좀 저렴하게 조정해주실 수 있으실까요?
싫어하시면 어쩌지
질끈
이미 제일 좋게 견적 드린거예요
한 번 더 물어보면 못 이기는 척 깎아줘야지 후후
앗 너무 무리해서 물어봤나보다
아 네 알겠습니다
팀장님이 깎아 오랬는데 어떡하냐
쉽게 포기하네?
아…네
긁적

회사일 중 가장 어려운 미션을 꼽으라면

단연 '전화로 하는 견적 문의'다.

아직 아무것도 정해진 게 없고, 진행 여부조차 모르는 상태에서

이것저것 물어봐야 하는 그 통화.

배에 힘을 주고 전화를 건다.

"안녕하세요, 견적 좀 여쭤보려는데요"라는 말이

입 밖으로 나오는 순간, 마음 한구석에서 미안함이 먼저 고개를 든다.

이 일이 실제로 진행될지 아직 모르니까.

상대의 시간을 꽤 쓰며 질문을 마치고

"내부 논의 후 다시 연락드릴게요"라고 말할 때면

일이란 게 협상과 설득의 연속이라는 걸 알면서도

문득 드는 생각 ─ 이것도 일이고, 이것마저 일인가.

이 모든 과정이 한데 엮여 결국은 하나의 결과로 나아가겠지.

(제 견적 전화에 흔쾌히 답해주셨던 분들, 정말 감사해요!)

참 많은 것들이 우리를 괴롭고 힘들게 하지만요

Q. 회사 업무 중 가장 싫어하거나 힘든 일은 어떤 건가요?

주말

저기..
?
토요일
일요일

이제 나랑 놀자
월요일

OO
우린 또 함께야
월요일

금요일 퇴근 시간, 사무실 문을 나서면 마치 온 세상이 내 것만 같다.

통장 잔고는 텅 비었을 지언정 마음만은 세상 부자다.

주말은 황홀할 정도로 행복한데,

그 유효기간이 딱 48시간이라는 게 함정이긴 하다.

토요일 아침은 그야말로 축복이다.

알람이 울리지 않는다는 사실 하나만으로도 눈물이 핑 돌 지경이다.

아침식사 대신 꿀 같은 늦잠을 실컷 먹고,

오후에는 친구와 약속한 요즘 가장 핫하다는 카페로 향한다.

따뜻한 아메리카노를 마시며 수다를 떨 때까지만 해도 나는 확신한다.

"이번 주말은 길다. 아직 무궁무진하게 남았다!"

하지만 행복은 오래가지 않는다.

일요일이 되면 슬슬 불안감이 그림자처럼 몰려온다.

특히 오후 3시, 이른바 '일요일 공황 타임'이 찾아오면 심장이 덜컥 내려앉는다.

남은 시간을 '최선을 다해 알차게 놀아야지'라고 다짐해보지만

넷플릭스를 켜도 아무것도 눈에 들어오지 않는다.

이미 마음은 다음 주 월요일에 가 있기 때문이다.

일요일 밤은 더 슬프다.

잠들고 싶은데, 잠드는 순간 곧장 월요일이 시작된다는 사실이 발목을 잡는다.

결국 억지로 눈을 뜨고 버티다가 더 피곤한 상태로

월요일 아침을 맞이하는 악순환!

이쯤 되면 주말이 '월요일을 기다리는 대기 시간'이었나 하는

생각마저 든다.

그리고 드디어 월요일 아침,

알람 소리는 심장 박동을 멈추게 할 것 같은 사이렌처럼 느껴지고

거울 속 내 얼굴은 세상에서 가장 슬픈 표정을 짓고 있다.

지하철 창문에 비친 내 모습은 영락없는 '회사원 좀비' 같은데

묘하게도 내 옆에 서서 다 같이 멍한 눈으로 있는

수많은 직장인들을 보면 작은 위로가 된달까.

'우리, 이 월요일을 함께 헤쳐나가요.'

속으로 조용히 외치며 지하철을 내린다.

Q. 요즘 빠져있는 누군가 or 프로그램은 뭔가요?

팀장님의 기억상실

이 프로젝트 내일 오전까지
대충 분위기만 알아봐요
* 퇴근 10분 전
아 네…
어…음…
그래도 해야지
칙-
팀장님 이거 한 번
알아봤습니다
느낌적인 느낌만…
이거 이거 왜 이렇게 부실하게 알아봤어요?
어디서 타는 OO 냄새가

입사한 지 몇 달쯤 지나고 나서야 알게 됐다.

팀장님과 나는 같은 한국어를 쓰지만

서로 다른 사전을 참고하고 있다는 사실을.

처음엔 그냥 믿었다. 아, 너무 순진했던 시절이었다.

이제 웬만한 대화는 '번역기'를 한 번 돌린다는 마음으로 듣는다.

"그거 대충 정리해줘." → "완벽하게, 빠짐없이, 보기 좋게."

"자료는 나중에 한 번 보지 뭐." → "내가 먼저 묻기 전에 가지고 와라."

"그거 기억 안 나는데?" → "….."(기억은 나지만 내가 안 했다 or 네가 안 했지?)

그래서 나는 돌다리를 두드리듯 팀장님의 말을 두 번, 세 번 확인한다.

노트엔 작은 글씨로 빠짐없이 메모하고 '대충'이라는 단어에는 절대 속지 않는다.

(그건 함정 카드!)

예전에 한 선배가 이런 말을 했다.

"세상엔 정말 다양한 사람들이 있어. 잘하는 사람에겐 잘하는 걸 배우고,

못하는 사람에겐 그걸 하지 말아야 한다는 걸 배우면 돼. 그럼 좀 괜찮아지더라."

나는 괜찮아지려면 아직 멀었네.

Q. 팀장님 성토대회

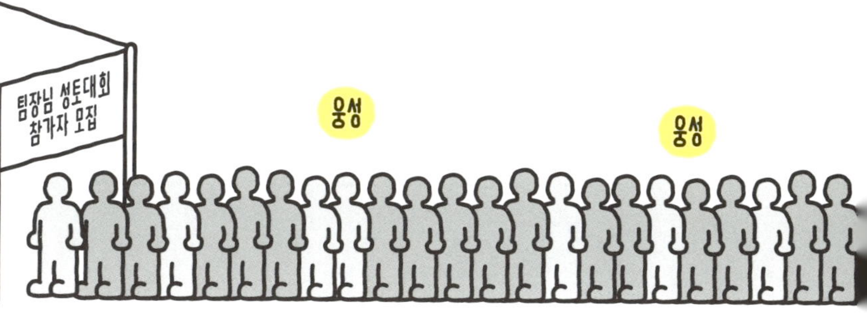

눈치 게임

유난히 시간이 잘 안 가는 날이 있습니다.
느-릿
오늘 시간 진짜 안 가네
피곤
퇴근하고 뭐 먹지?
집 앞에 새로 생긴 타코 집 가볼까
딴생각
느-릿

드디어 퇴근 시간
두더지 게임이 시작됩니다

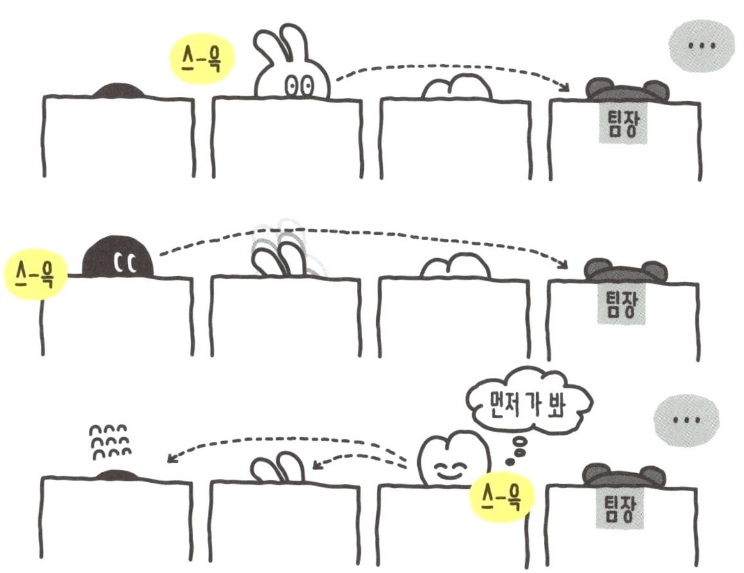

스-윽
…
팀장
스-윽
팀장
먼저 가 봐
응
…
스-윽
팀장

째각
째각

스타트 끊어 줄 사람
...
팀장
점점 소리없는 아우성이 들립니다

"야근은 자율이야."

상사가 그 말을 꺼내는 순간, 나는 속으로 웃었다.

자율이라니, 자유라니. 그건 마치 다이어트 중인 사람 앞에 치킨을 두고

"먹을지 말지는 네 자유야"라고 하는 것과 다르지 않을 것 같은데.

사무실 시계는 어느새 저녁 8시,

할 일은 이미 끝났는데 아무도 움직이지 않는다.

누군가 의자를 밀 듯 일어나려다 어디선가 기침 소리가 들리면

순식간에 시선을 모니터로 돌리고 애꿎은 키보드를 두드린다.

이쯤 되면 여긴 사무실이 아니라 '야근 테마파크'다.

가끔 이런 생각이 든다.

'칼퇴는 가능하지만 실제 퇴근은 참으로 어렵다.'

진짜 퇴근을 원한다면 용기, 결단력, 그리고 추가로 모험심까지 필요하니까.

나도 언젠가는 당당하게 일어나

"저는 먼저 퇴근하겠습니다!"라고 말하고 싶지만

현실의 나는 여전히 자리에 앉아 있다.

모니터엔 이미 끝낸 파일만 멀뚱히 열려 있고

머릿속엔 오직 치킨 생각뿐. 어휴.

Q. 언제, 무슨 일 때문에 늦게까지 남아 있었나요?

책상 위 작은 동료

어느새 쑥 자란 걸 보고 깜짝 놀라곤 해요.
우와,
아기 선인장이 생겼어!
뾰-옥

귀여워라
그래, 너도 열심히 자라는데
나도 힘내야지

선인장에 위로받는 하루…!

Q. 회사에서 마음이 환해졌던 경험은 언제인가요?

Chapter

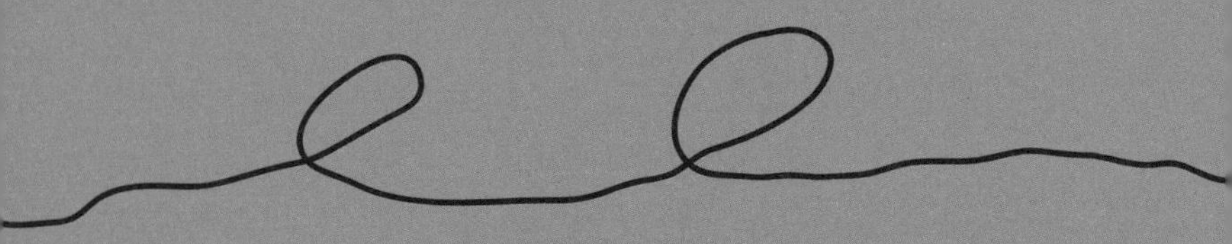

나 잘하고 있는 거겠지?

모닝 커피

눈이 떠지지 않는 아침 출근길
퀭…

빠른 커피 수혈이 필요합니다.
깁미 더 커피
카페인 할당량

이럴땐 얼른 회사 근처로 갑니다.
회사 밀집 지역

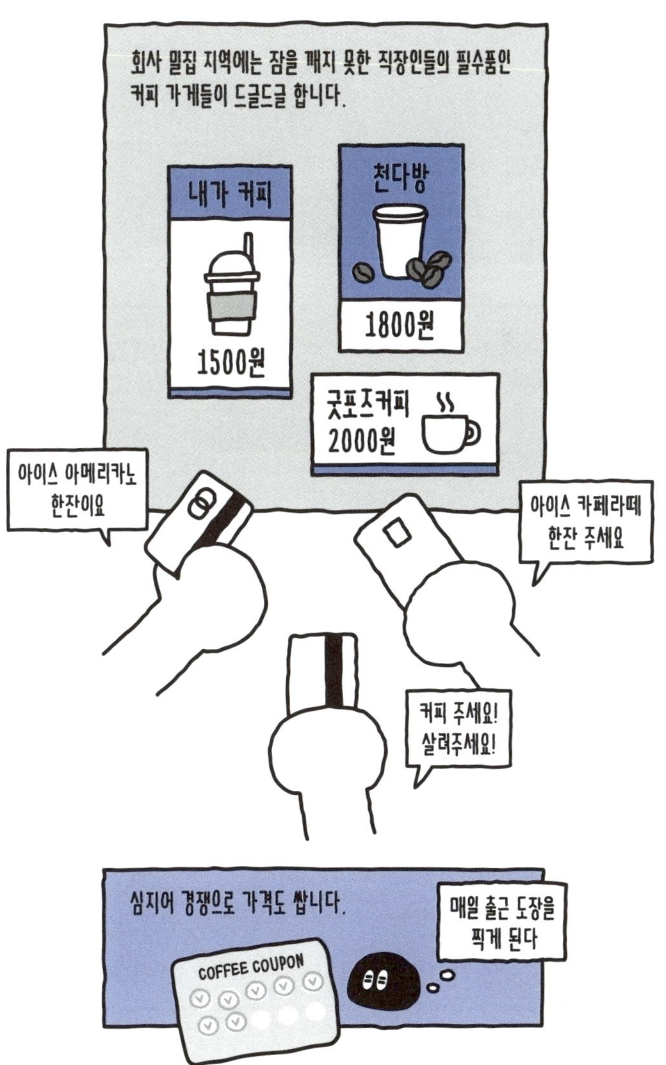
회사 밀집 지역에는 잠을 깨지 못한 직장인들의 필수품인 커피 가게들이 드글드글 합니다.
내가 커피
천다방
1800원
1500원
굿포즈커피
2000원
아이스 아메리카노 한잔이요
아이스 카페라떼 한잔 주세요
커피 주세요! 살려주세요!
심지어 경쟁으로 가격도 쌉니다.
매일 출근 도장을 찍게 된다
COFFEE COUPON

카페를 차려볼까 하는 망상에 빠집니다.
카페 차릴려면
얼마나 필요하려나?

임대료도 필요하고
보증금 0000/월세 000
COFFEE

커피를 위한 고급 머신들도 사야 하고
삐까
번쩍

재료비도 필요하고
원두
물
우유
VANILLA
HAZELNUT
각종 시럽
일회용품

인건비도 무시 못하지
*아아만 시켜라
알 바
2026년 기준 최저시급 10,320원

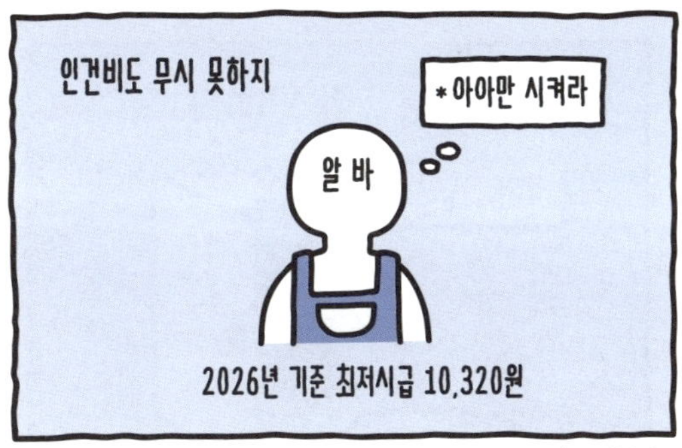

*아아:아이스 아메리카노

회사원이 제일 쉬운 것 같은 느낌입니다.

Q. 내일 아침 출근길에 사먹고 싶은 카페 메뉴는 뭐예요?

(저는 아주 고소한 아이스 라떼요!)

[경] 결혼 [축]

핫핫 부끄럽구만

축하드려요!
와-아
핫핫

꼭 와서 축하해줘
그럼요

5만 원은 너무 적겠지?
하 10만 원?
고마워!

뿔로 안 친한데…
내 소중한 주말과 돈!

카드값, 월세, 관리비는 그래도 예측 가능한 수준인데

축의금만큼은 언제나 갑자기 찾아오는 '비정기 고정지출'이다.

혼인율은 계속 떨어진다는데, 내 지갑 기준으로는 거의 매달 누군가가 결혼한다.

특히 회사 규모가 클수록 축의금은 거의 월 정기 결제 수준.

"아… 내 통장은 왜 이럴 때만 사회성이 좋은 걸까."

입사 두 달 만에 팀 선배가 결혼 소식을 전했다.

"부담 갖지 말고 식사만 하고 가세요~."

'안 가고 축의금만 보내면 안 되나?' 싶었지만, 다들 가는 분위기가 감지됐다.

'아, 주말에 친구랑 무화과 파르페 먹으러 가기로 했는데….'

결국 약속을 미루고 결혼식장으로 향했다.

식장은 어색한 미소와 쭈뼛한 손짓으로 가득했고

식은 아름다웠지만 내 머릿속엔 '무화과 파르페…'만 맴돌았다.

결국 식만 보고 사진 찍고, 식사는 패스.

친구와의 약속장소로 이동하면서 살짝 후회가 밀려왔다.

"축의금도 냈는데 밥은 먹고 올 걸 그랬나?"

그렇다고 낯선 선배들과 주말에도 함께 밥을 먹자니 부담이었다.

돈도, 시간도 나갔지만 온전히 축하해주지 못한 것 같아

찜찜한 기분이 스쳐지나갔다.

경조사 영역

제1교시

결혼편

Q. 다음 중 결혼식에 직접 가야 할 만큼 가까운 사이는 무엇일까요?
(복수 정답 가능)

① 같은 팀이라 매일 얼굴은 보지만 사적인 얘기는 0인 사이

② 타 팀인데 비슷한 나이라 친근하게 인사는 하지만 깊진 않은 사이

③ 업무 관계로 메신저에서는 활발하게 대화하지만 대면할 일 거의 없는 사이

④ "그 사람 결혼한다던데?" 소문은 들었지만 직접 청첩장은 못 받은 사이

⑤ 평소엔 안 친했는데 갑자기 카톡으로 모바일 청첩장 보내는 사이

정답 : 없음

팀장님은 대체 왜

이미 직원들의 모니터는 꺼진지 오래인데
팀장님은 왜 퇴근을 안 하시는 걸까요?

팀장님 의자에 본드가 붙어 있는 건 아닐까요?
초강력 본드
스-윽

팀장님, 구조가 필요하면 오른손을 올려주세요.
…
팀장

팀장님도 우리 눈치를 보고 계신 걸까
재네 왜 퇴근 안 해 혼자 있고 싶은데…

대표님이랑 친한 걸까?
하하하 야근 좋아
사장님
딸랑
딸랑

월급을 엄청 많이 받으시는 걸까?
픽-
₩
내 월급
팀장님 월급
아닌가?
?
?
?

드디어 팀장님의 움직임이 포착됩니다.

6시부터 일 없었음
쩝
가방 이미 다 싸놨음
팀장님을 이해할 수 없었습니다.
팀장님은 도대체 왜 야근을 많이 하시는거야
친구도 없으신가? 저녁은 안 먹으시나?
난 저런 팀장님이 안 될 거야

먼 훗날에야 알았다.

팀장님도 일개 회사원이라는 것을.

Q. 견딜 수 있는 나만의 방법이 있나요?

오늘도 미션 클리어

출근을 하면 오늘 할당된 업무를 스캔합니다.
SCANNiNG
업무 1
업무 2
업무 3
업무 4
업무 5

처음엔 허둥지둥거렸지만

지금은 우선순위를 재배치하는 능력까지 터득했죠.
TO DO LiST
프로젝트 회의록 정리
거래처 문의 답변 정리
비용 정산 확인 및 결재

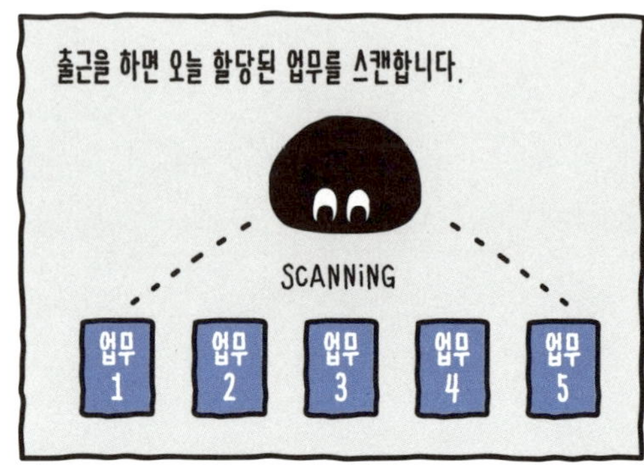

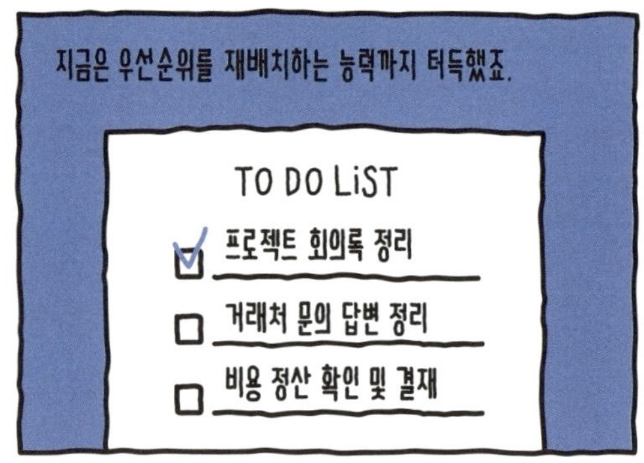

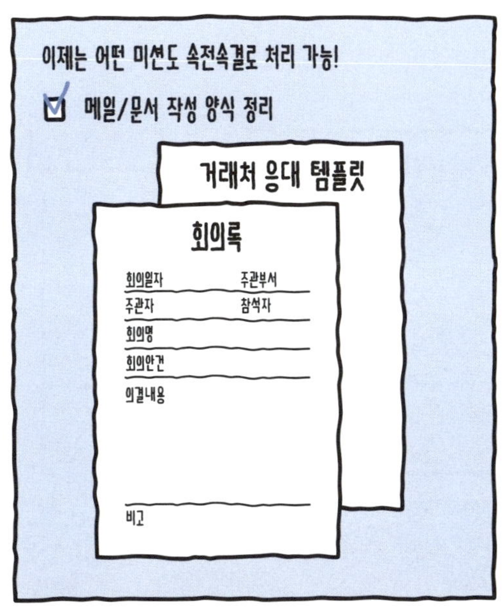

이제는 어떤 미션도 속전속결로 처리 가능!
메일/문서 작성 양식 정리
거래처 응대 템플릿
회의록
회의일자   주관부서
주관자   참석자
회의명
회의안건
의결내용
비고

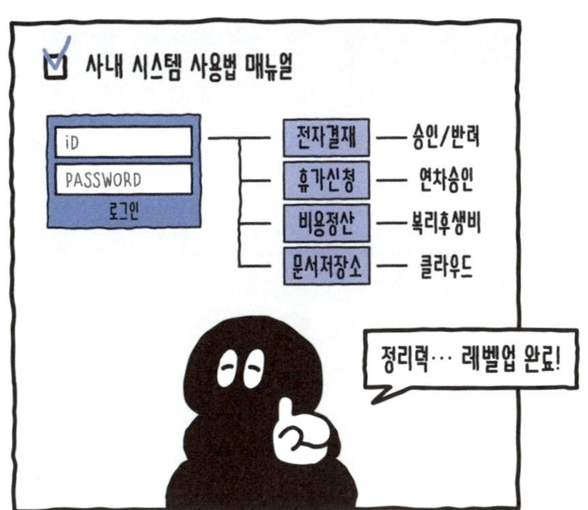

사내 시스템 사용법 매뉴얼
iD
PASSWORD
로그인
전자결재 — 승인/반려
휴가신청 — 연차승인
비용정산 — 복리후생비
문서저장소 — 클라우드
정리력… 레벨업 완료!

열심히 달렸더니 다했네요.
휴… 오늘도 미션 클리어다
텅
물렁씨 벌써 다했어요?
물렁씨 무슨 초능력 있어요?
놀랍네
따-봉

입사 초에는 일이 이렇게 많고 복잡한 줄 몰랐다.
쏟아지는 메일과 계속해서 생겨나는 할 일들 속에서
그저 따라가기만 해도 하루가 후딱 지나갔다.

그런데 어느 순간, 나는 일을 종류별로 깔끔하게 나누고 순서를 붙여
하나씩 처리하고 있었다. 중요하고도 급한 일은 먼저 시작하고
잘 모르는 건 사수에게 조심스럽게 물어서 확인하고
자꾸 틀리는 건 메모지에 적어 체크해두기도 했다.
(두 번 물으면 민망하니까!)
그런 사소한 움직임들이 쌓여 어느새 나만의 방식이 생기기 시작했다.

"일머리가 있네."
"이렇게 정리해두니까 다음에 편하겠다."

뜻밖의 칭찬을 들은 어느 날, 도움만 받던 신입이라 생각했는데
누군가에게 인정을 받았다는 사실이 조금은 낯설고 또 많이 기뻤다.
나도 이제 한 사람의 몫을 제법 해내고 있는 걸까.

집으로 돌아가는 길, 발걸음이 평소보다 가볍고 경쾌했다.
그날 먹은 초록색 프링글스는 더 바삭하고 맛있었다.

Q. 내가 생각하는 일잘러인 나의 모습은?

회사는 둥글다

NOPE!

회사는 둥글다!

퇴근 시간, 집으로 직진!

회사는
둥그니까

자꾸 걸어 나가면

왜 다시 내 자리?

Q. 나만의 멀티플레이어 비법은 무엇인가요?

변수에 대처하는 자세

미처 예상하지 못한 비를 맞닥뜨릴 때가 있다.
툭
앗 비다!

비 사이로 다니는 능력이 있으면 좋겠지만
뽀송
뽀송

그런 초능력이 있을 리 없다.
다 젖겠네
비가 계속 오려나

그럴 땐 비가 멈추기를 기다리기보다
멀뚱

비를 피하는 나만의 방법을
찾으면 된다.
툭
툭

만약을 위해 늘 챙겨다니는 우산이 있다면 펼치면 되고
이럴 줄 알았지!
편의점에서 우산을 사도 되며
돈은 아깝지만
잠시 카페에 들어가 비가 멎길 기다리며 커피 한 잔을 해도 좋을 것 같다.
예상치 못한 휴식이네
또 조금 젖는 경험을 하기로 맘 먹을 수도 있지.
이 정도쯤은 괜찮아

아쉽게도 인생은 고(苦)고, 일상은 변수의 연속이다. 계획대로 되는 법이 없다.

출근길 지하철 연착이나
아침 인사 대신 날아오는 팀장님의 "잠깐 회의 좀 할까요?" 같은
요청은 일상다반사다.
겨우 숨을 돌릴 때쯤, 더 큰 숙제가 나를 늘 기다리고 있다.

하아, 이럴수록 시시콜콜한 일정 관리 앱보다는
나 스스로 변수에 대처하는 '닌자'가 되어야 한다고 생각한다.
보고서가 두세 번 뒤집히면
"좋다, 글쓰기 실력을 회사가 키워주는 구나" 하고
회의가 길어지면
"좋다, 오늘 야근 메뉴는 감자탕이다!" 하며
작업하던 컴퓨터가 멈추면
"지금은 명상 타임인가?" 한다. (아, 근데 마지막 상황은 좀 끔찍;;)

비 오는 날은 이상하게 기분이 다운되서 싫지만
예전에 친구와 비 오는 야외 공연장에서 흠뻑 젖어 신나게 놀던 기억을 떠올리면
비는 다 똑같은 비였지만 결국 그걸 바라보는 태도가
모든 것을 달라지게 했음을 이제는 안다.

물론 변수가 닥치면 진짜 솔직히 말하면 처음엔 욕부터 나온다.
"아 진짜 ㅆ..."(이건 자동반사;;;)
근데 또 한숨 한 번 쉬고, 커피 한 모금 마시고, 시간이 조금 지나면
이상하게 마음이 이렇게 말한다.

"뭐…그럴 수도 있지."

그리고 결국엔 이렇게 중얼거린다.

"이 정도쯤은 괜찮아. 이런 날도 있는 거니까."

나는 이제 예상치 못한 상황도 받아들일 만큼 조금은 자란 것 같다.

Q. 예상치 못한 일이 일어났을 때 어떻게 대처하나요?

ASAP는 언제까지인가요?

1. 오늘 안에

2. 퇴근 시간 전에

3. 1시간 뒤

4. 지금 당장

아 시간이 좀 애매한데
점심시간을 줄여야겠다
ASAP
날 뺀다고?
오전까지
해야 하는 일
오후 2시까지
해야 하는 일

너 진짜 나 버릴 수 있어?
너 점심시간이 유일한 낙이잖아
나도
이러고 싶지 않아
오전까지
해야 하는 일
ASAP
오후 2시까지
해야 하는 일

점심시간도 줄이고, 화장실도 좀 참고
화장실 가고파

휴! 다했다!

하 대리님 요청하신 수정파일
입니다 확인 부탁드려요
iM_수정.ZiP
용량: 52.1MB
하
꺄 감사해용~
엄청 빨리 주셨네요?
이렇게까지 빨리 안 주셔도
되는데~ 짱짱!
봐봐요~ 할 수 있잖아요!

… 아 시발 장난해?

왜 필요한지, 언제까지 필요한지를 먼저 물어봤어야 했다.

하지만 "급하다"는 말에 나도 모르게 열일 모드가 발동했다.

점심도 대충 때우며 부랴부랴 작업을 끝냈건만

돌아온 대답은 실로 당황스러웠다.

"이렇게까지 빨리 안 하셔도 됐는데…."

'ㅁㅁㅈㅎㄹㅁㅋㄱㅇㅅㅇ'(묵음 처리)

정말 급한 일인 줄 알고 뛰었는데

알고 보니 시간 계산조차 제대로 안 된 일이었다.

같은 팀이라는 이유로 기꺼이 도와준 것이었는데

그 호의가 '시간 여유 있는 사람'이라는 오해로 돌아올 줄이야.

앞으로는 '왜 필요한지', '언제까지인지'

이 두 가지 질문을 내 업무 방어용 방패로 삼아야겠다.

그리고 나중에 내가 후배에게 일을 줄 땐 기한부터 정확히 알려줘야지.

회사에서 내 시간과 업무량을 챙겨줄 사람은

결국 나뿐이라는 걸

슬프고 배고팠던 그날 오후에 뼈저리게 깨달았다.

Q. '가능한 빨리'는 대체 언제까지일까요?

여름날의 극기훈련

룰루랄라~
샤-아

뽀송
음 상쾌해
얼른 출근해 볼까?
뽀송
5분 후

뽀송하게 나왔으나 바로 끈끈이가 되어버립니다.
아휴, 덥다

찜통의 만두가 된 듯한 느낌!
후-끈

LiKE 이글루

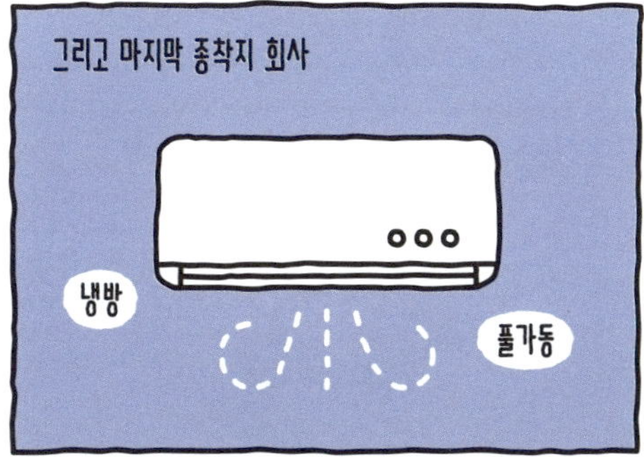

감기 조심하세요!

(덧)

여름 회사 필수템

밖에서 흘린 땀을 식혀줄 탁상위 미니 선풍기
아 시원해

통풍이 잘되는 슬리퍼
발이 편해야 최고지

에어컨 바람을 피할 가디건과 담요
에어컨 직빵 자리는 힘들어

Q. 당신에게 적정한 온도는 몇 도인가요?

첨부파일

저의 특기는

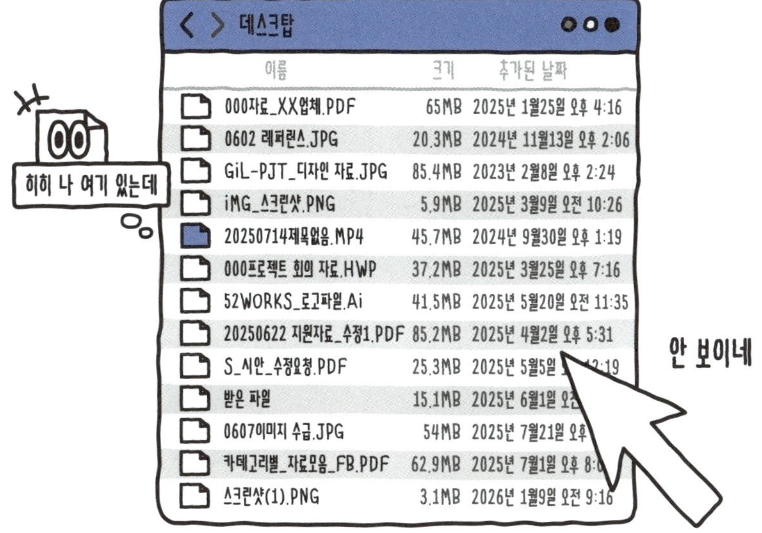

1. 수많은 파일 속에서 없는 척 하기

2. 쓸모없는 파일인 척 하기

물렁씨 기획안 최종본 파일 첨부해서
OO부서 @@@님께 보내줘요
넵!

메일 내용 쓰고 OO자료
파일 첨부 꼭 해야지
안녕하세요~OO팀 물렁이입니다
금일 진행~자료~~송부드립니다~

3. 사람들 기억 지우기

아 맞다! 파일 첨부 안 했다!

크크 특히 신입사원에게
잘 먹히죠

으익!
하지만 가끔 경력직에게도
잘 먹히…
래
드
클릭

파일명	업로드 상태	용량
0603_프로젝트 기획안		52MB

메일을 완벽히 다 써서 보냈다고 생각한 순간, 불길한 생각이 스친다.

"첨부파일… 넣었나?"

메일 내용은 깔끔하게 썼는데, 정작 제일 중요한 파일이 없다.

민망하게 "죄송합니다, 첨부 드립니다"라는 후속 메일을 보냈다.

이런 순간, 나는 그저 덜렁이 인증 완료.

왜 첨부파일은 꼭 '보내기 버튼'을 누르고 나서야 생각날까.

회사에서 이런 사소한 실수를 할 때마다

'아, 왜 또 이랬지' 하면서 괜히 자책하게 된다.

앞으로는 진짜 잊지 말아야지 하고 다짐하지만 솔직히 또 깜빡할 자신도 있다.

그래서 내 모니터에는 이렇게 적힌 포스트잇이 붙어 있다.

"파일 첨부 잊지 말기 ☆"

Q. 이불킥하고 싶은 회사일, 어떤 게 있나요?

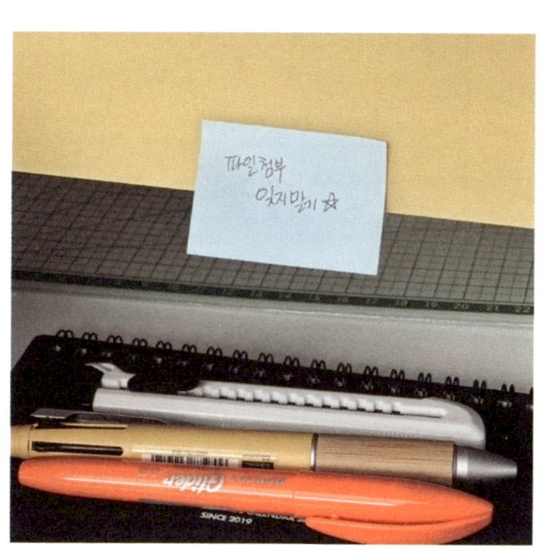

바보새

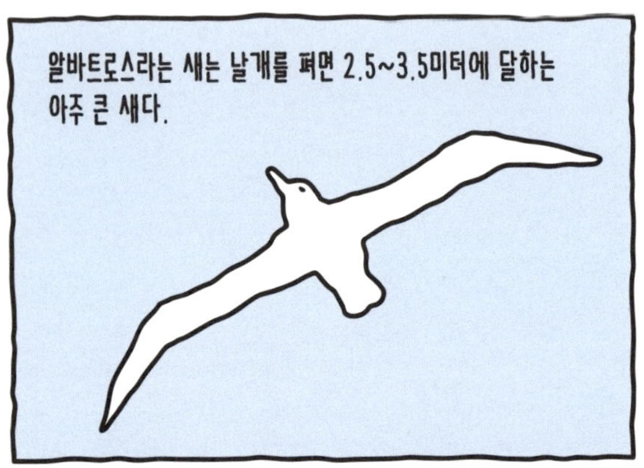

알바트로스라는 새는 날개를 펴면 2.5~3.5미터에 달하는 아주 큰 새다.

큰 날개 때문에 걷는 것도 서툴고 착륙하는 모습도 엉성하다.
완벽한 착지였어!
데굴
꽈당

누군가 다가가도 거의 저항도 없다고 한다.
…

그래서 사람들은 이 새를 바보새라고 부른다.
저 바보 아니에요

하지만 이 새는 단 두 달만에 지구 한 바퀴를 돌 정도로
하늘을 가장 멀리 오래 나는 새이다.

모든 새가 날 수 없는 폭풍우가 오는 순간에도 알바트로스는 큰 날개로 폭풍을 타고 더 멀리 나간다.

흔들리고 휘청거릴지라도 바다 위에서 더 멀리, 더 오래 날아간다.
나도 언젠가 알바트로스의 날개를 찾을 수 있을까?

어느 날 유튜브에서 '알바트로스'에 관한 영상을 봤다.

땅 위의 알바트로스는 큰 날개 때문에 걸음이 둔하고 바보 같아 보인다.

착지 모습은 더 가관이다. 마치 앞구르기에 실패한 어린아이처럼

바닥에 얼굴을 내리 꽂으며 데굴데굴 구른다.

'바보새'라는 별명이 딱 어울린달까.

하지만 바다는 안다. 이 새가 바보가 아니라는 걸.

폭풍우가 몰아치는 바다 위에서

다른 새들이 지쳐 해안으로 돌아갈 때

알바트로스는 날개를 펴고 바람을 타며 더 멀리, 더 오래 난다.

언젠가 나도 저 바람을 탈 수 있기를.

조금 서툴고 덜렁대 보여도

내가 잘하는 방식으로 멀리 갈 수 있기를.

지금의 나도, 그 길 위에 있는 중이기를.

Q. 지금 날개를 쭉 펴고 어디로 가고 있나요?

Chapter

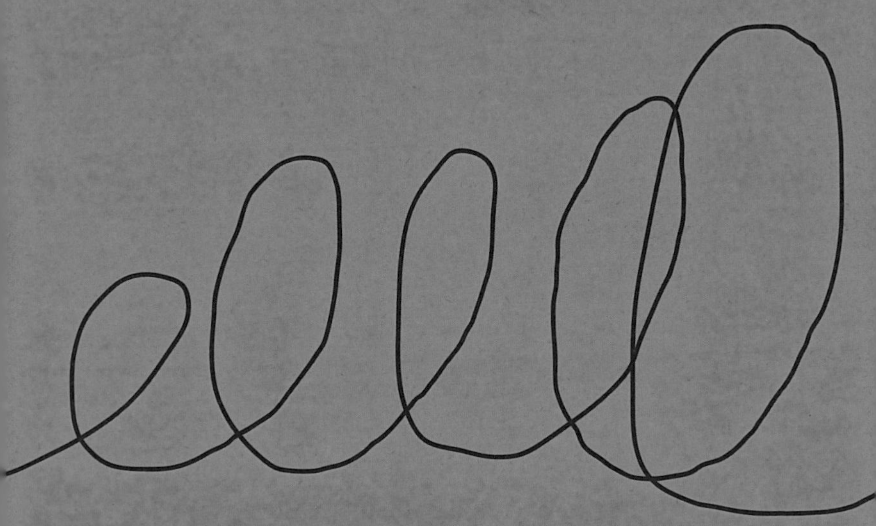

뭐
어쩔텐가

지구 종말

어떡하지?! 출근 안 해야 하는 거 아니야?
패닉
띵-동

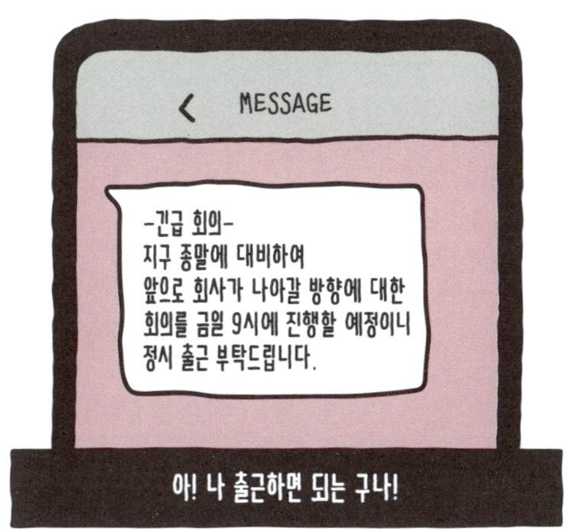

MESSAGE
-긴급 회의-
지구 종말에 대비하여
앞으로 회사가 나아갈 방향에 대한
회의를 금일 9시에 진행할 예정이니
정시 출근 부탁드립니다.
아! 나 출근하면 되는 구나!

끼야아아악!

다들 아침 뉴스 봤죠?
앞으로 우리가
나아가야 할 방향은?
어려운 상황에도
대비하는 회사가 되어야겠죠?
지구 종말시 회사가 어떤 방향으로
나아가야 할지 의견 나눠봐요
난 먼저 퇴근!
회의 끝나면 메일 보내놓으세요
??!!??!?!?!?

아침에 눈을 뜨면 오늘 혹시 출근을 안 해도 되는 이유가 없나 찾기 시작한다.

비가 억수처럼 쏟아진다거나

내가 타는 지하철이 고장 나서 몇 시간 연착된다거나….

하지만 살면서 그런 일은 단 한 번도 일어나지 않았다.

항상 출근 가능한 정도의 비, 30분이면 고쳐지는 지하철 등이

매번 나의 꿈 같은 휴가(?)를 방해하곤 했다.

정말 아쉽다.

Q. 어떤 날에 정말로 회사 가기가 싫은가요?

친구들 단톡방

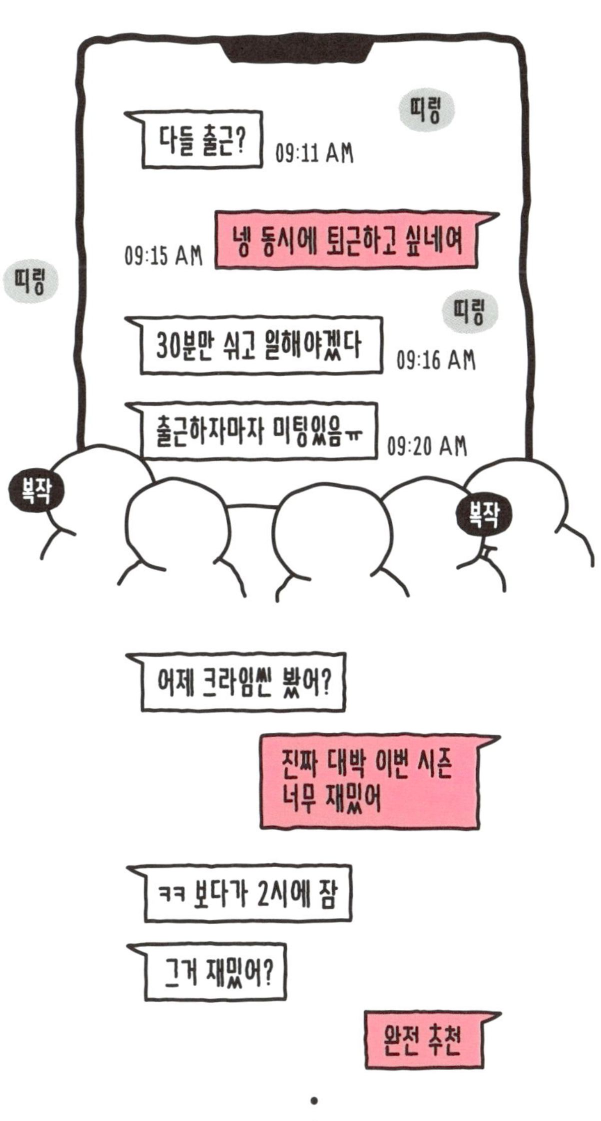
띠링
다들 출근?
09:11 AM
09:15 AM
냉 동시에 퇴근하고 싶네여
띠링
띠링
30분만 쉬고 일해야겠다
09:16 AM
출근하자마자 미팅있음ㅠ
09:20 AM
복작
복작
어제 크라임씬 봤어?
진짜 대박 이번 시즌
너무 재밌어
ㅋㅋ 보다가 2시에 잠
그거 재밌어?
완전 추천

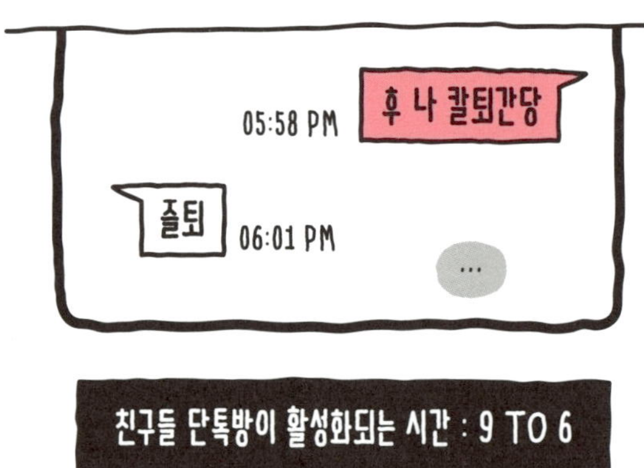

05:58 PM
후 나 칼퇴간당
즐퇴
06:01 PM
친구들 단톡방이 활성화되는 시간 : 9 TO 6

카톡 PC버전은 늘 투명도 50%, 알림은 꺼두었다.

업무가 시작되자마자 "출근했다~"는 친구들의 메시지가 연달아 뜬다.

좌뇌는 회사 일, 우뇌는 단톡방, 이것이 진정한 멀티태스킹인가.

가끔 친구들의 농담 한 줄이 가뭄의 단비처럼 웃음을 터뜨리게 한다.

보고서나 메일을 쓰다가도 피식 웃게 되게 되고

같은 시각, 다른 자리에서 누군가도 나처럼 지쳐 있다는 사실이

위로가 될 때가 있다.

고등학교 동창 5명이 있는 단체방은

종종 순식간에 100~200여 개의 메시지로 채워진다.

스크롤을 내릴 엄두가 안 날 땐 AI의 힘을 빌린다.

"점심 메뉴 논쟁 → 결론 없음 / A의 상사 욕 3줄 / B의 연애썰 1줄."

깔끔한 회의록처럼 정리된 요약본을 보면 웃음이 나면서도 묘하게 씁쓸하다.

우리가 쏟은 감정들이 이렇게 드라이하게 정리되다니.

AI는 인간의 '사소하고도 다정한 위로'를 모른다.

퇴근 시간이 가까워지면 떠들썩하던 단톡방이 고요해진다.

다들 남은 에너지를 하루의 마지막 업무에 쏟아붓는 걸까.

그렇게 오늘 하루도 저물어 간다.

Q. 오늘 친구 or 동료들과 한 채팅에서 특히 기억에 남는 게 있어요?

ㅋㅋㅋㅋㅋㅋㅋㅋ

ㅋㅋㅋㅋㅋㅋㅋㅋㅋㅋㅋㅋㅋㅋㅋㅋㅋ
ㅋㅋㅋㅋㅋㅋㅋㅋㅋㅋㅋㅋㅋ

ㅋㅋㅋㅋㅋㅋㅋㅋㅋㅋㅋㅋㅋㅋㅋㅋㅋㅋ
ㅋㅋㅋㅋㅋㅋㅋㅋㅋㅋㅋㅋㅋㅋㅋㅋㅋ
ㅋㅋㅋㅋㅋㅋㅋ

어른의 맛
퇴근 후 샤워는 천국이지이-
문질
문질
쏴아-
157

개운하당

치덕
치덕

위-윙

띵-동
오!

흐흐

치~이~인
비-어

퇴근 후 맥주 한 잔
이게 바로 어른의 맛!
크-으
CHiCKEN

오후 5시

회의는 끝도 없이 이어지고 메일함이 쉬지 않고 불어날 때면

시원한 맥주 한 잔이 간절하게 필요해진다.

퇴근길 버스에서 배달앱을 열고

주문 많은 순, 별점 높은 순을 하나하나 비교하며 행복한 고민에 빠진다.

"오늘은 어떤 메뉴가 맥주랑 찰떡일까?"

집에 들어온 후, 물 한 잔으로 목을 채울 수 있지만

극강의 시원함을 느끼기 위해 침만 삼킨다.

샤워를 하고 머리도 뽀송하게 말린 다음, 선풍기를 약풍으로 튼다.

그리고는 따끈한 음식 앞에 앉아 맥주를 들이켜는 그 순간—크으.

아, 이게 바로 어른의 맛이구나.

Q. 퇴근길, 당신은 어떤 일로 행복해지나요?

내가 사고 싶은 건

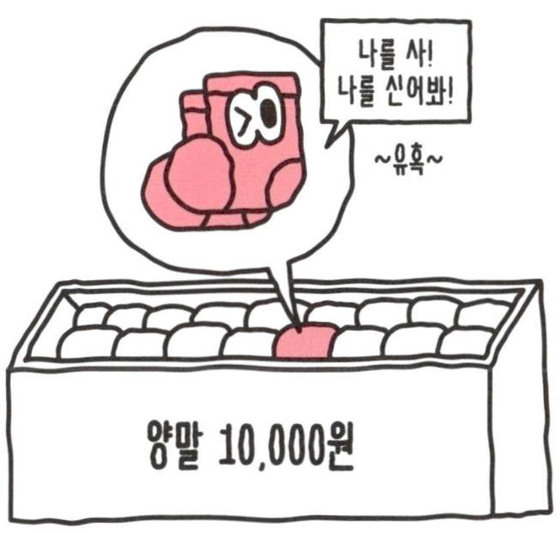

나를 사!
나를 신어봐!
~유혹~
양말 10,000원

새로운 멋찐 양말을 신은 나의 멋찐 모습
내 피부를 괴롭히던 묵은 이 아름다운 색상
이것이 바로 돈 버는 즐거움이야

살까?
너무 멋질 것 같아
새로운 나의 모습
이런 색의 양말은
하나도 없자나

이번 달 월급 다 썼는데
아껴야 해!
집에 양말 많자나
도리
도리

(30분 뒤)
모르겠다! 고민을 너무 오래했더니
배고픈데?
치킨 시켜 먹어야징!
띠링
10,000
10,000

출근길 아이쇼핑만큼 시간이 빨리 가는 것도 없다.

오늘은 양말이 끌리는데 음,

한 켤레에 만 원이면 좀 비싼 것 같긴 하다.

근데 색깔이 완전 내 취향이고, 저 패턴은 어디서도 본 적이 없고

패브릭도 되게 좋아서 신으면 완전 편할 것 같은데….

이것저것 보다 보면 30분은 훌쩍 지나가고 어느새 회사 앞이다.

흥청망청 뭔가를 사고 싶은 마음이 들 때 나는 '장바구니 권법'을 쓴다.

쇼핑몰에서 일단 눈에 들어오는 건 다 담는건데

양말이든, 향초든, 가방이든 '갖고 싶다'는 마음이 들면 무조건 장바구니로 직행.

덕분에 장바구니 금액이 천만 원을 넘긴 적도 있었다. (진짜 농담 아님…)

그리고 퇴근할 때쯤, 정신을 차리고 다시 장바구니를 본다.

'누구니? 이 정신없는 장바구니의 주인공은?'

아침의 나는 대체 왜 이걸 갖고 싶어했던가 하는 마음으로 하나씩 삭제해나간다.

출근길에는 반짝반짝해보였던 것이

퇴근길에는 평범해보이는 놀라운 이 매직이라니.

장바구니 확인이 끝나면 슬그머니 켜지는 치킨 배달앱.

아니, 만 원짜리로 몇십 분을 고민했으면서도

3만 원짜리 치킨&맥주는 순식간에 결제해버리는 이 아이러니라니.

어쩌면 내가 사고 싶은 건 물건이 아니라

그 순간의 즐거운 기분일지도 모르겠다.

Q. 나만의 참는 방법은 무엇인가요?

방전이 됐어요

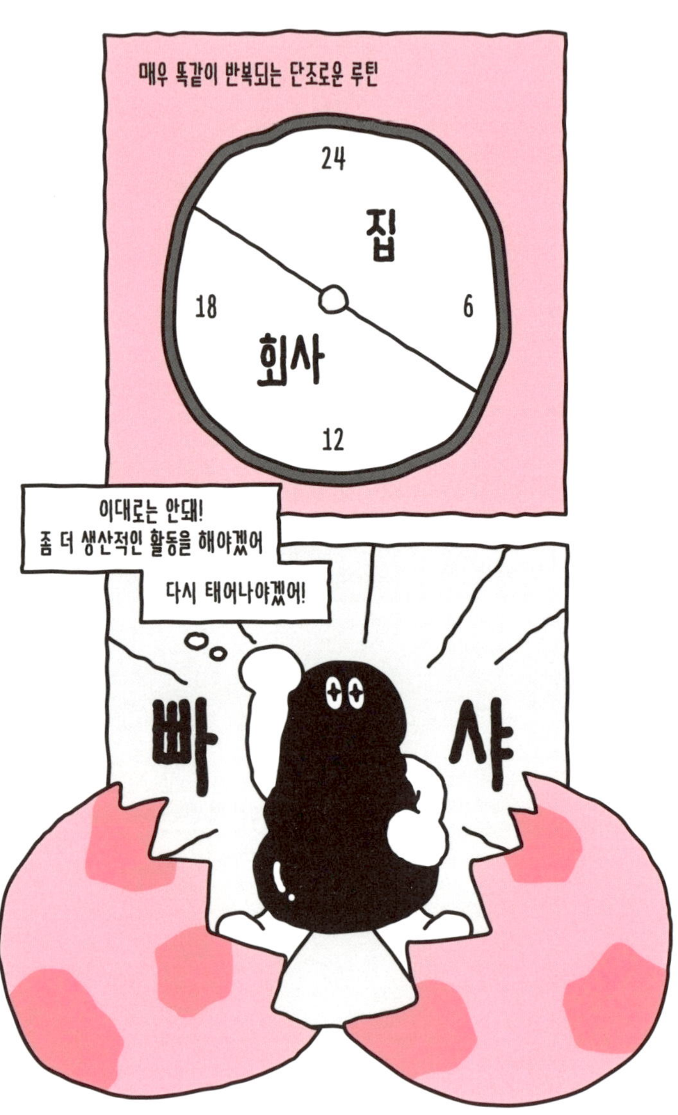

매우 똑같이 반복되는 단조로운 루틴
24
집
18
6
회사
12
이대로는 안돼!
좀 더 생산적인 활동을 해야겠어
다시 태어나야겠어!
빠
샤

계획은

목표1: 헬스
운동하고 체력을 키우면 덜 피곤할 거야!

목표2: 영어공부
영어를 하면 인생의 폭이 훨씬 넓어질 거야!
ABCDEFG~

목표3: 취미미술
컬러링을 통한 스트레스 해소도 좋지!

현실은

아 퇴근했다

머-엉

철푸덕

오늘도 방전된 채 돌아온 물렁이입니다

언젠가 어떤 강연에서 이런 이야기를 들은 적이 있다.

"번아웃(burn-out)이란 말은 참 무서워요. 자신이 타버린다는 뜻이잖아요.
세상에 그 어떤 일도, 자신을 다 태우면서 할 만한 일은 없습니다.
자신을 태워야만 하는 일이라면 애초에 하지 말아야 할 일이죠.
우리나라는 '끝날 때까지 끝난 것은 아니다'를 너무 신봉하는 것 같은데
최선을 다하는 게 나쁘진 않지만 그 마음을 지키면서도
좀 지나가고, 내버려두는 여유가 필요합니다."

회사 생활이 어느 순간 패턴화되기 시작했다.
출근 → 일 → 퇴근 → 넷플릭스 → 잠 → 리셋

이쯤 되니 하루를 사는 건지, 하루에 끌려다니는 건지 분간이 안 갔다.
회사에서 에너지를 다 쓰고 나면 퇴근 후엔 아무것도 하기 싫어진다.
요가도, 러닝도, 공부도.
결국 침대에 몸을 던지고 다음 날을 버틸 에너지를 충전한다.

도대체 퇴근 후에도 활기찬 사람들은 어떤 종족일까.

Q. 에너지는 몇 프로 남았나요?

같은 실수

왜 새벽 시간은 재밌는 걸까요?

이제 자야 하는데
왜 이렇게 잠들기 싫지?
숏폼 보기 1시간째
숏폼 보기 3시간째
숏폼 보기 4시간째
직장인의 밤은
끝이 없고

그리고 아침

Q. 반복하고 싶지 않은 실수는?

똥 싸면서 돈 벌기

똥똥똥똥

역시 똥은 업무 시간에 싸는 게 최고야!
휴

눈누난나~

Q. 요즘 회사에서 하는 달콤한 딴짓은?

회사라는 공간

가끔은 회사는 비행기 같다고 생각해요.

정해진 룰을 따르고, 신호에 맞춰 움직여야
목적지까지 무사히 도착할 수 있어요

비행이 끝나고 땅을 디디면

엄청난 안도감과 오늘도 무탈하게 잘 해냈구나 라는
감정이 들어요.

일을 마치고 집으로 돌아오는 길은

하루 중 가장 뿌듯하고 마음이 몽글몽글해지는 시간이다.

설령 오늘 일이 뜻대로 풀리지 않았더라도 말이다.

출근길엔 5분, 10분이 유난히 길게만 느껴지지만

퇴근길엔 시간 따위는 신경 쓰지 않게 된다.

발걸음은 가볍고, 일부러 먼 길을 돌아가는 것도 마다하지 않는다.

긴장으로 단단히 뭉쳐 있던 몸은

사르르 풀리며 어깨가 조금 말랑해지는 느낌이다.

그 순간만큼은 오늘 하루를 버텨낸 나에게 조금은 따뜻한 위로를 건넨다.

Q. 오늘 하루는 어땠나요?

빨간 맛

* 매우 더운 페이지입니다.
독서에 주의해 주세요.

나의 입맛은 조금 극단적이다
뭐 보면서 먹지
빨간 양념을 좋아하는데
그렇다고
매운 걸
잘 먹는건
아니지만
스읍
으 너무 매워
하아
선택지가 있다면 무조건
한국인은 역시
매운맛!
얼큰한 맛!
역시 불맛이 최고야
화끈한 맛! 자극적인 맛!
빨간 맛!

족발은 뭐다?
불족이다!
직화불족은
못 참지

교촌은?
허니콤보
레드콤보
타악

평양냉면?
노노
무조건
동아냉면! 송주불냉면!

피자도 마지막 한 조각은
핫소스에 절여 먹는다
우물
우물
듬뿍

회는 초장맛으로
고추냉이도 듬뿍

음…
요거 매콤한게 맛있겠어
메뉴 고를 때 매운맛 표시 너무 좋아!
그냥 파르보나라
매콤 파르보나라
알리오올리오
로제
얼큰 로제

유난히 힘들었던 날엔 퇴근 후 저녁으로 엽떡을 시킨다.

당연히 매운맛으로.

먹는 내내 고통받을 걸 알면서도, 착한 맛은 절대 고르지 않는다.

쿨피스로 혓바닥의 불을 끄면서도 다시 떡볶이를 입 속에 집어넣는다.

나는 고통을 또 다른 고통으로 덮으며 위안을 찾는 걸까.

Q. 무엇을 먹나요?

먼저 일어나는 사람

양말 꺼내 놨다
네~

오늘 비 온대 우산 챙겨
신발 미끄러운 거 신지 말고
네~

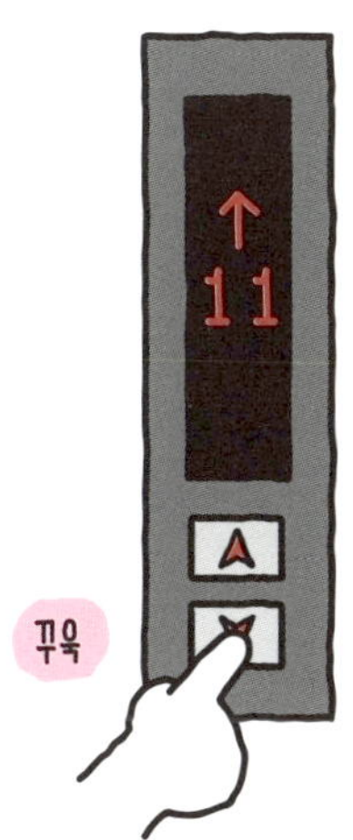
↑
11
꾸욱

얼른 나와 엘레베이터 왔다
네… 엄마…

독립을 하며 제일 걱정했던 건 단연 '아침에 스스로 일어날 수 있을까?'였다.
부모님과 함께 살 때는 알람을 맞춰도 결국 깨워준 건 엄마였다.
부엌에서 나는 밥 짓는 소리, 문 여는 소리
그리고 매일 들리던 "일어나~".
그 모든 게 다정한 알람이었다.

아침밥을 꼭 먹으라던 말을 흘려듣곤 했지만,
사실 엄마가 해준 간장계란밥은 한 번 먹으면 멈출 수 없는 맛이었다.
안 먹고 나간 날은 매번 후회했다.
'그냥 한 숟갈만 먹을 걸' 하면서.

혼자가 되니 그 알람들이 통째로 사라졌다.
휴대폰 알람을 다섯 개나 맞춰도 다시 잠들기 일쑤였고
어느 날은 눈을 떴더니 시계가 9시 5분을 가리키고 있었다. (아악)

그제야 깨달았다.
'이제 내 하루를 책임지는 사람은 오직 나뿐이구나.'
엄마는 언제나 내 하루의 한 발 앞에서 움직여줬는데,
그게 당연한 줄 알았는데,
그 소리들이 사라지고 나니 집안이 유난히 조용했다.

가끔 엘리베이터 문을 잡아주던 엄마의 손길이 떠오르면
출근길에 메시지를 보낸다.

"나 지금 출근해. 오늘은 늦지 않았어."
"그래, 잘했네."

혼자서도, 잘, 해내고 있어요.

Q. 엄마에게 사랑한다고(혹은 고맙다고) 언제 말했나요?

바른 자세

자 집중해서 시작해볼까?

편_안

열심히 일을 하고 퇴근을 하는 순간
퇴근 신난다!

회전문을 밀 수 없는 나를 발견했습니다.
억!
회전문

어 이게 무슨 일이지?

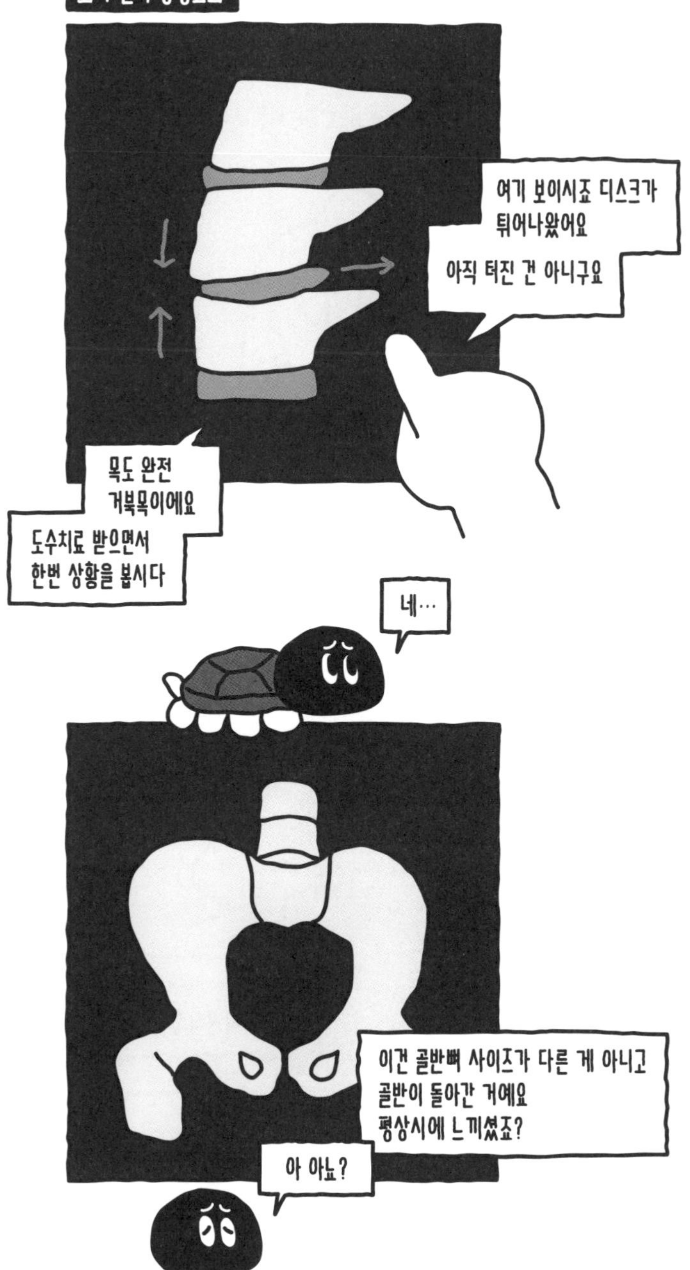

회사 근처 정형외과
여기 보이시죠 디스크가
튀어나왔어요
아직 터진 건 아니구요
목도 완전
거북목이에요
도수치료 받으면서
한번 상황을 봅시다
네…
이건 골반뼈 사이즈가 다른 게 아니고
골반이 돌아간 거예요
평상시에 느끼셨죠?
아 아뇨?

몸이 총체적 난국이네요~
제가 본 환자 중에 TOP3에 들어요
이런 몸으로 일은 어떻게 하셨어요?
둔한 편이시구나…
아픈 줄 몰랐어요…
내가 말로만 듣던
디스크 환자라니
오~반대편을 풀고 왔더니
다시 뭉쳐 있네요?
신기하네…

생각해 보면, 전조 증상은 분명 있었다.

일하다가 등이 도끼로 찍히는 것처럼 아프기도 했고

자기 전엔 발끝이 바늘로 찌르는 듯한 느낌도 들었다.

근데, 뭐… 계속 아픈 건 아니었으니 몇 달을 그냥 그러려니 하고 넘겼다.

그날도 어김없이 야근을 끝내고 회사 건물을 나서는 길, 회전문을 미는 순간

찌릿—

그 자리에서 그대로 멈춰버렸다. 더 이상 움직일 수가 없었다.

정형외과에 가니 이래저래 몸이 많이 굳어 있다고 했다.

그후로도 꽤 오랫동안 퇴근하고 도수치료를 받았는데

물리치료사 선생님이 건네는 말 한마디 한 마디에 마음이 자주 울컥하곤 했다.

아픈 건 분명 몸이었는데 마음이 왜 더 뭉클한 건지.

그렇게 치료를 마치고 다시 야근하러 회사로 돌아갔는데

의자에 앉자마자 깨달았다.

아…

방금 비싼 돈 내고 치료하고 또 돈 벌려고 의자에 앉았구나.

경고장

허리 아작나기 전에 바른 자세 하세요!

1. 허리를 곧게 펴고 앉기
2. 물건 들 때는 무릎을 먼저 굽히기
3. 수면 자세에 신경 쓰기
4. 복부와 허리 근육을 꾸준히 강화하기
5. 과체중 피하고, 균형 잡힌 식사하기

왜 불편한 건 몸에 좋고
편한 건 몸에 안 좋을까?

Chapter

사라질까?

이웃집 고양이

자고 일어나면 또 출근이고
매일이 출근 걱정이야

옆 건물에 사는 이웃집 고양이 등장
언제까지 이렇ㄱ…
뿅

너는 걱정 없어서 좋겠다

물렁이 해석 : 나도 걱정 많아
뭐가 걱정인데?
냥

물렁이 해석 : 네가 걱정하는 것이 내 걱정이야
냥
냥
!!!

물렁이 해석 : 네가 행복하면 좋겠어!
냐앙

마이 힐링
고양이
나 힘낼게!
???

나도 집에 가면 고양이가 있는, 그런 따뜻한 삶을 꿈꾼다.
지금은 내 한 몸 챙기는 것조차 벅차지만.

오늘도 지친 하루를 마치고 창밖을 멍하니 바라보다가
옆 건물 창문가에 있던 고양이와 눈이 마주쳤다.
우리는 잠시 동안 서로를 탐색하는 듯이 고개를 갸웃거리며
'넌 누구니?', '난 누구야'를 눈빛으로 이야기했다.

바라보는 것만으로도 위안을 주는 존재가 있다. 나는 믿어.
오늘의 나를 위로해 준 건, 분명 너였다고.

Q. 지친 하루 끝 나를 위로해 주는 존재가 있나요?

회사에 빨리 가고 싶은 날

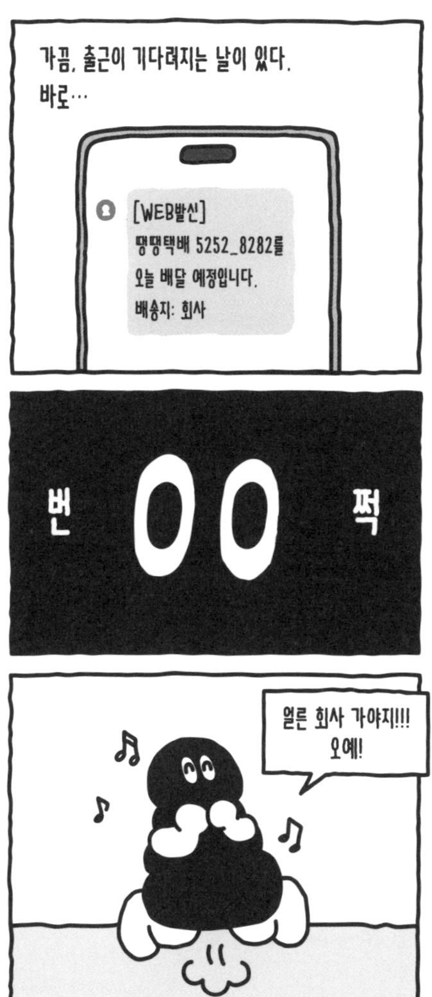

가끔, 출근이 기다려지는 날이 있다.
바로…

[WEB발신]
땡땡택배 5252_8282를
오늘 배달 예정입니다.
배송지: 회사

번 OO 쩍

얼른 회사 가야지!!!
오예!

작은 소리에도 반응이 옵니다.
풍긋
턱

기웃
기웃

찾았다!
오늘 임무 완료

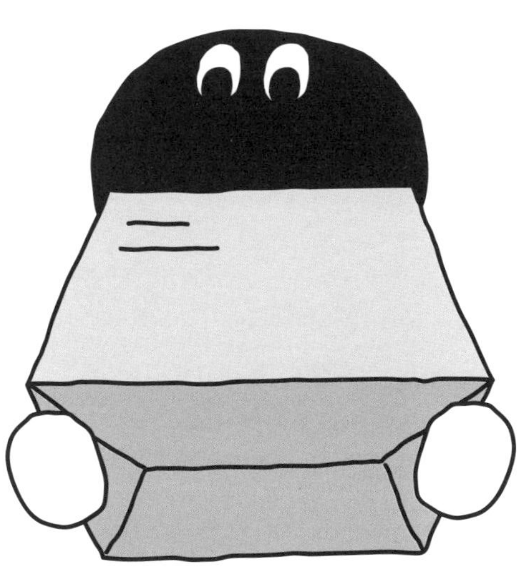

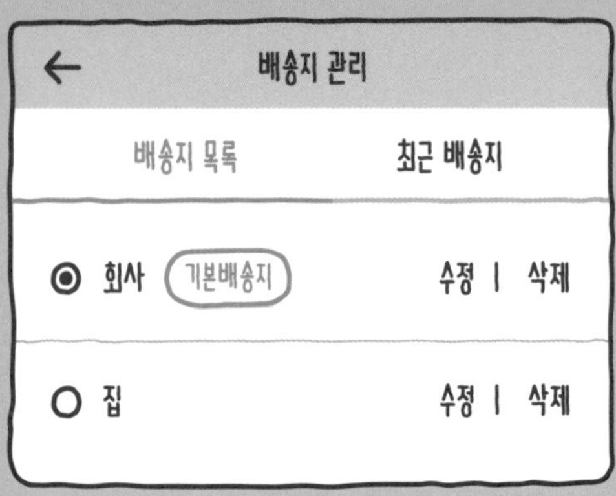

회사에 가기 싫을 땐 갈 이유를 만들어야 한다.

'싫지만 어쩔 수 없지'라는 생각으로 버티는 출근길보단

'그래, 오늘은 이걸 하러 가는 거야' 하는 마음 하나가 몸을 일으켜 세우니까.

그래서 나는 이유를 만든다.

출근길 신상 카페에서 신메뉴를 먹어본다든가

오늘 사무실로 택배가 도착할 예정이라든가

퇴근 후 근처 맛집에서 친구와 약속이 있다든가

그런 작지만 소소한 기쁨들을.

때로는 그런 것들이 한 발자국 앞으로 나아갈 수 있게 하니까.

일단 발을 떼면 그 다음은 조금 더 쉬워지니까.

Q. 오늘 회사에서 당신을 행복하게 한 것은?

연봉협상

드디어 때가 왔습니다.
12月

설레는 마음을 안고 문으로 들어갑니다.
헤헤
하 대리님 들어오세요

A FEW
MOMENTS
LATER

앗 하 대리님 분위기가 안 좋네요.
...
다음 물렁님 들어오세요
오늘은 연봉협상의 날!
나 올해 열심히 했는데
연봉 많이 올려주면 좋겠다
연봉협상에서 어필할 근거들도 챙겨 놓았습니다.
당당하게 들어가 봅니다.
핵심 성과
팀내 필요성
기여도
매출 기여
프로세스 개선

앗,
뭐죠? 이 전운이 감도는 느낌은…
인사팀
물렁님 어서 오세요
여기 앉으세요

인사팀
물렁님 올 한해도
열심히 일해주셔서 감사합니다
아, 네!
긍정적인 신호인가?
확인하시고
이상 없으면 사인하세요
연봉 계약서
스-윽
내 꼬리 같네…
저 연봉협상은 안 하나요?
…네?
인사팀

제 성과가 이런데
인상이 너무 적은 것 같아요
물가도 올랐는데…
다른 분들도 다 이 정도로
인상되었어요
물렁님만 적게 드린 거 아님!
인사팀
업계 수준보다
낮은 거 같아요…
회사 사정이 안 좋아서
이해해 주세요
인사팀

벽과 대화를 하고 있네요.

연봉협상이 사실 '일방통행'이라는 걸

왜 아무도 미리 말해주지 않았을까?

블로그며 브런치에 올라온 '연봉협상 팁'을 정말 열심히 정독했다.

그렇게 준비하면 서로 대화를 주고받으며 협상을 할 수 있을 줄 알았다.

그런데 현실은

"회사 사정이…, 인플레이션이…, 전반적인 조정이…."

그저 듣기만 하는 시간이 길어질 뿐이었다.

사실 묵묵히 책상 앞에 앉아 일하고 출근하고

또 다음 주를 맞이했던 이유는 솔직히 말하자면 이 순간을 위해서였다.

돈은 소중하니까.

아마 드라마를 너무 많이 본 탓일 거다.

경쟁사는 두 배를 준다며 스카웃 제안을 하고(살면서 아직 한 번도 못 봤다),

보너스가 한가득 쏟아지는 장면(이건 가끔 소문으로만 들린다).

그래, 내 인생은 드라마가 아니라 다큐였지.

그나마 다행인 건, 결말이 스포 없이 매년 비슷하다는 거?

Q. 여러분의 연봉협상은?

우리 모두 한마음

회사 생활을 경험해 보지 않으셨다구요?
회사 생활의 답답함을 체감할 수 있는 방법을 소개합니다.

*친구의 도움이 필요합니다.

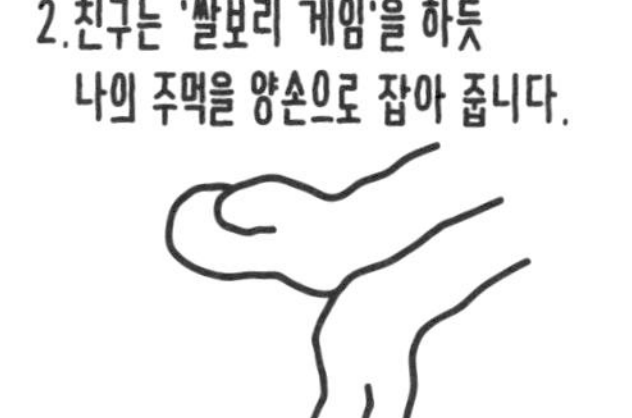

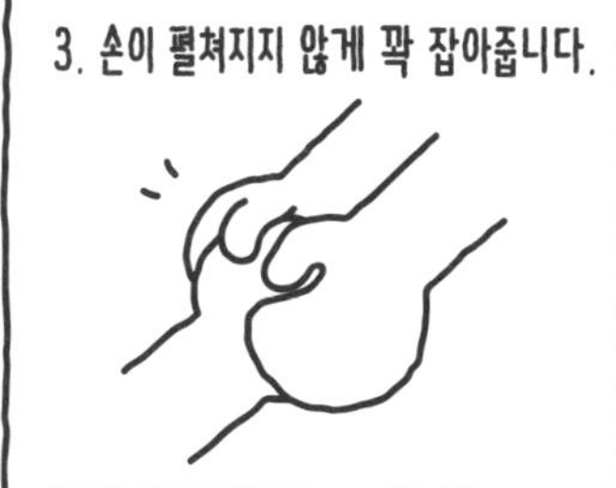

꽉!
어때?
아 답답해

나의 애착 동료

저에게는 하루의 일상을 같이하는 동료가 있습니다.

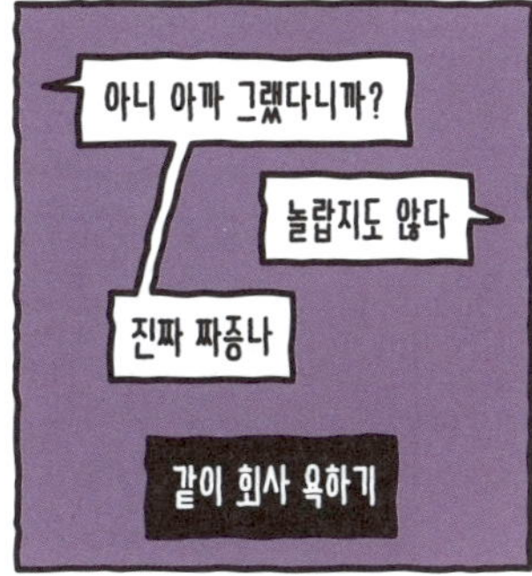

모든 일상을 함께하죠.

끼끼가 없는 회사 생활은
단무지 빠진 김밥 같을 것 같아요.
물렁아!

나 사실 오늘 면접 있어
속닥
어?

마음이 싱숭생숭
머-엉

사회생활에서 진정한 친구를 만나기 어렵다던데, 나는 운이 좋은 편이었다.

일은 힘들었지만 마음이 맞는 동료가 있다는 게 큰 위로였다.

비슷한 시기에 입사해서 친해진 사람.

우리는 같이 점심 메뉴를 고르고

오후엔 커피를 사 오며 "퇴근까진 3시간 남았다"를 주문처럼 중얼거리고

퇴근 전엔 채팅창에서 시덥 잖은 농담으로 서로의 하루를 마무리했다.

그게 내 회사 생활의 작고 소중한 행복이었다.

그러던 어느 날, 애착 동료가 면접을 보러 간다는 말을 꺼냈다.

심장이 철렁했다.

함께 일하던 대리님이 그만뒀을 때는 담담했는데

이번엔 이상하게 마음이 싱숭생숭했다.

각자의 인생을 위해 떠나는 일이라 응원해야 하지만

왠지 그들은 더 멋진 곳으로 갈 것만 같고 나만 이 자리에 남을 것 같았다.

진심으로 잘 되길 바라면서도 왠지 모를 이 허전함.

'나는 지금 잘 살고 있는 걸까?'

익숙하기도, 편하기도 한 현재의 직장

익숙하기도, 편하기도 한 현재의 직장

Q. 여러분의 퇴사 버튼은 무엇인가요?

고인 물

물이 흐르지 않고 한곳에 머물다 보면

고인 물이 되어버린다.

이대로 흐르는 시간을 보내면 안정감은 느낄 수 있지만

어느 순간 이곳에 갇혀 있는 것 같은 느낌도 든다.

가보지 않은 길이 아직 많고

아직은 더 크게 성장하고 싶은데.
음…

연차가 쌓이면서 일은 익숙해지고 하루의 흐름도 예측 가능해졌다.

처음엔 몰라서 배우느라 정신없었는데

이제는 너무 잘 알아서 조금 지루해졌다.

안정이 나쁘지는 않다. 편안하고 덜 흔들리니까.

그래도 가끔 생각한다.

이렇게 고여 있어도 괜찮은 걸까, 나?

아직 못 본 세상이 클 것 같은데

물이 흐르지 않고 오래 고여 있으면 탁해질 텐데

이제는 다른 곳으로 흘러가야 하지 않을까.

그래서 요즘 마음 한켠이 조용히 출렁인다.

바람이 방향을 바꾸는 기분이다.

Q. 어느 쪽이신가요?

퇴사의 씨앗이 싹을 틔웠습니다.

자전거를 타고서

한적하고 너무 좋다

평일의 모든 긴장이 풀리는 느낌이에요.

바람을 맞으며 이번 주를 되짚어 봐요.
야근
보고서
회의
꽤나 바빴지

그래도 큰일 없이
잘 지나간 한 주 같아
만족

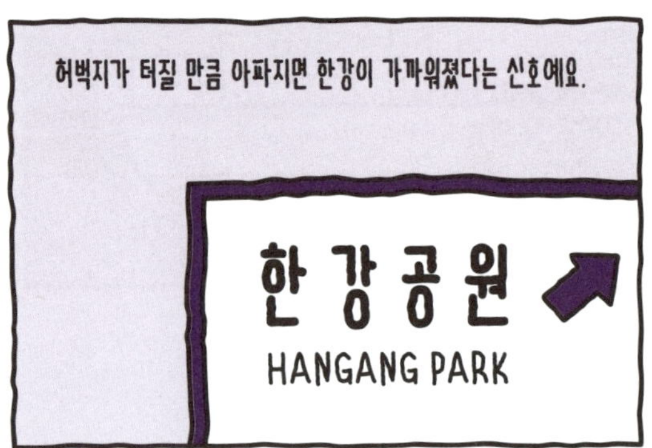

허벅지가 터질 만큼 아파지면 한강이 가까워졌다는 신호예요.
한강공원
HANGANG PARK

땀 흘리며 출근하는 건 싫어도 땀 흘리며 한강을 달리는 건 좋다.

누가 시키지도 않았는데 괜히 속도를 낸다.

허벅지가 터질 듯 달려서 합수부가 눈앞에 보일 때의 쾌감이란.

이 맛 때문에 주말마다 자전거를 끌어낸다.

페달을 한 발 한 발 밟아나가니

한 주 동안 있었던 일들이 주마등처럼 스쳐 지나간다.

맞아, 그 일은 좀 빡셌지.

수요일에는 하마터면 지각할 뻔했는데, 다행히 지하철이 제시간에 와줬다.

회식 자리에서 먹은 소고기는 왜 또 그렇게 맛있는지.

그런데 금요일에 야근이라니, 그건 좀 아니지 않나?

프로젝트 끝난 지 얼마 안 지났는데.

달리다 보면 별거 아닌 기억까지 다 떠오른다.

회의 때 팀장님이 했던 말, 동료가 건넨 커피 한 잔,

갑자기 고장난 프린터, 그 순간에는 짜증이었는데, 뭐 해결됐으니까.

바람이 얼굴을 스치면서 잡다한 생각들도 흩어진다.

뭔가 엄청난 걸 이룬 건 아니어도 한 주를 무사히 지나왔다.

이게 다행이지 뭐.

매주 바쁘고, 매주 피곤하고, 매주 별일이 다 있다.

그런데 또 매주 주말이 찾아온다.

이 루틴을 발견해 내서 다행이다.

꽤나 밸런스있군!

Q. 이번 주말에는 뭐 할 거예요?

이직 준비

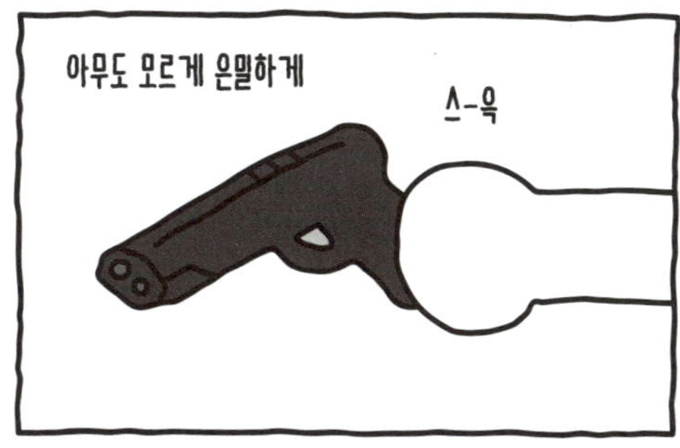

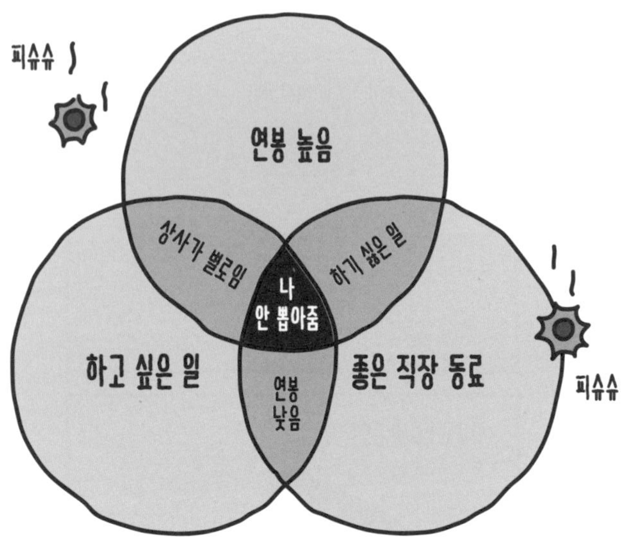
피슈슈
연봉 높음
상사가 쁠로임
하기 싫은 일
나
안 뽑아줌
하고 싶은 일
좋은 직장 동료
연봉
낮음
피슈슈

물론 이 일이 순조로운 것은 아닙니다.
…
…

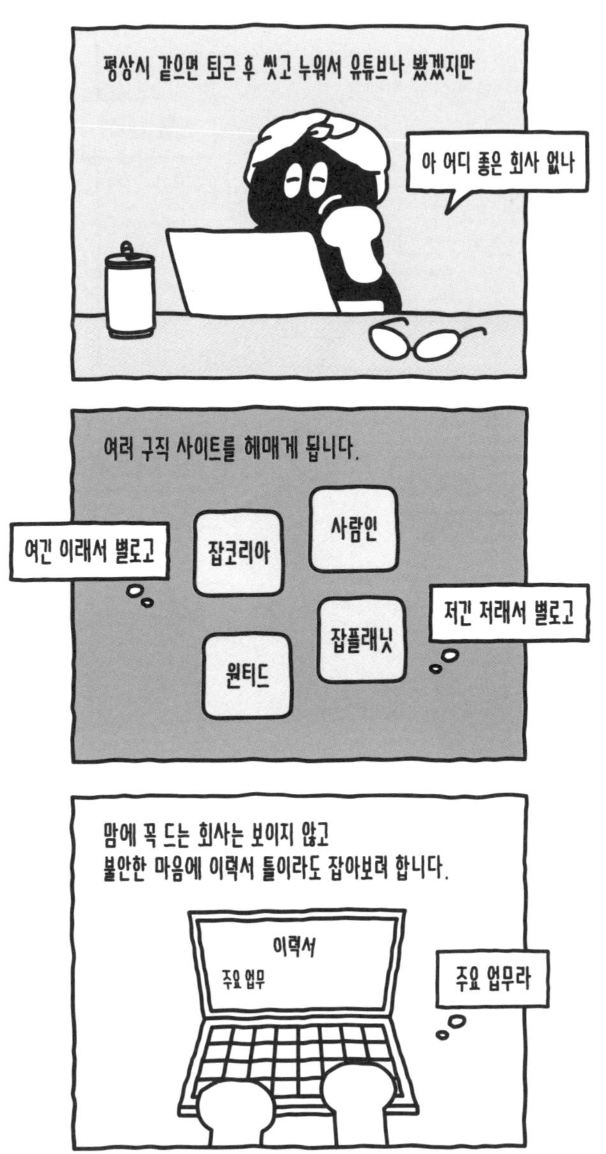

평상시 같으면 퇴근 후 씻고 누워서 유튜브나 봤겠지만
아 어디 좋은 회사 없나
여러 구직 사이트를 헤매게 됩니다.
여긴 이래서 별로고
잡코리아
사람인
잡플래닛
원티드
저건 저래서 별로고
맘에 꼭 드는 회사는 보이지 않고
불안한 마음에 이력서 틀이라도 잡아보려 합니다.
이력서
주요 업무
주요 업무라

입사 3년차, 그동안 했던 업무들 파일을 뒤적여 보니 자료가 꽤나 나왔습니다.
오 꽤 많은데?
이건 그냥 보조 업무
이건 성과가 안 좋았고
이건 무산된 프로젝트고
쓰레기통
다 정리하니 쓸만한 것이 없어 엄청 놀랐습니다.
조뙤따
정지화면 아님

몇 년 동안 나름 열심히 일했고 얻은 것도 많다고 생각했다.

그런데 막상 이력서를 쓰려니 쓸 말이 별로 없다.

'이건 대리님이랑 같이 했고… 저건 과장님이 거의 다 하셨고….'

결국 이력서는 기여도 30% 모음집처럼 보이기 시작했다.

그럴싸하게 꾸며 쓰자니 손가락이 멈췄다.

'사회초년생은 대체 이력서를 어떻게 쓰는 거지?' 하는 생각만 맴돌았다.

커서는 움직이는데 문장은 만들어지지 않고

그 사이 가만히 앉아 있는 내 모습만 괜히 더 초라해 보였다.

뭔가 많이 한 것 같지만 정작 혼자 이뤄낸 건 하나도 없는

민달팽이 같은 기분이랄까.

이런 나를 뽑고 싶은 회사가 있을까?

회사 생활이 힘들다고 투덜대면서도

결국 더 나은 회사에서 더 나은 일을 하고 싶어하는 내 마음이 참 모순적이다.

어쩌면 나는

여전히 일에서 보람을 얻고 즐거움을 느끼고 싶은 사람인지도 모르겠다.

그런데… 이렇게 쓸 게 없다니. 이거, 진짜 큰일 났다.

Q. 지금까지 한 일 중 가장 뿌듯했던 경험은?

물귀신보다 무서운 건 물경력이라든데...

이력서를 제출하세요

히히!
면접 전형

메롱
최종 결과
어 나 이번엔 진짜
이직할 줄 알았는데

인형 뽑기 기계의 출구통 근처에 있는 인형을 보면

왠지 쉽게 잡힐 것 같은 착각이 든다.

'저거 살짝만 밀면 들어갈 것 같은데' 하는 마음에 결제를 누른다.

집게가 인형을 딱 집어 올리는 순간, 가슴이 쿵 하고 뛴다.

'됐다!' 싶다가도, 출구통 바로 앞에서 허무하게 인형을 놓치는 집게를 보면

마음도 같이 가라앉는다.

딱 그만큼의 거리,

그만큼의 차이로 늘 놓친다.

요즘 내 이직 준비가 꼭 그렇다.

이력서를 쓰고, 포트폴리오를 고치고, 공고를 확인할 때마다

'이건 왠지 나 뽑으려는 것 같은데?' 싶은 회사들이 보인다.

면접 공지를 기다리는 며칠 동안은 상상 속에서 이미 출근도 해봤다.

하지만 결과는 늘 똑같이 "좋은 결과를 드리지 못해 죄송합니다"라는 말.

그 한 줄을 읽을 때마다

내 마음속 집게가 또 한 번 툭, 하고 내려앉는다.

될 것 같은데 안 되고, 잡힐 것 같은데 놓쳐버리는 날들이 반복된다.

가끔은 정말 내 차례가 올까 — 하는 생각도 든다.

계속 시도해도 집게가 나를 향하지 않는 것만 같지만

그럼에도 나는 또 동전을 넣는다.

혹시 이번엔 다를지도 모른다는 마음으로.

언젠가 내 차례가 오겠지, 계속 하다 보면.

Q. 어떤 공간에 나를 놓아두고 싶어요?

머느 날의 일기

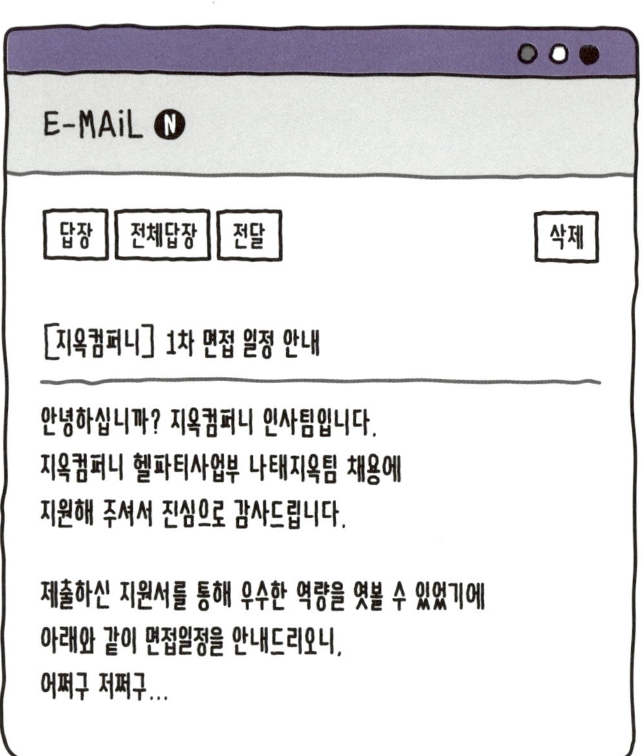

E-MAiL N
답장 전체답장 전달
삭제
[지옥컴퍼니] 1차 면접 일정 안내
안녕하십니까? 지옥컴퍼니 인사팀입니다.
지옥컴퍼니 헬파티사업부 나태지옥팀 채용에
지원해 주셔서 진심으로 감사드립니다.

제출하신 지원서를 통해 우수한 역량을 엿볼 수 있었기에
아래와 같이 면접일정을 안내드리오니,
어쩌구 저쩌구...

두 - 둥

가장 먼저 하는 일
여기 연봉이 어느 정도지?
지금 내 연차에…
오 이런 복지가!

한 달에 이만큼 벌면
이만큼 적금 들구
행복한 상상하기

그리고 하는 일
아 근데 집에서
10분 정도 좀 멀어지넹

생각보다 퇴사율이 좀 있네
쓰읍
괜히 회사 후려치기

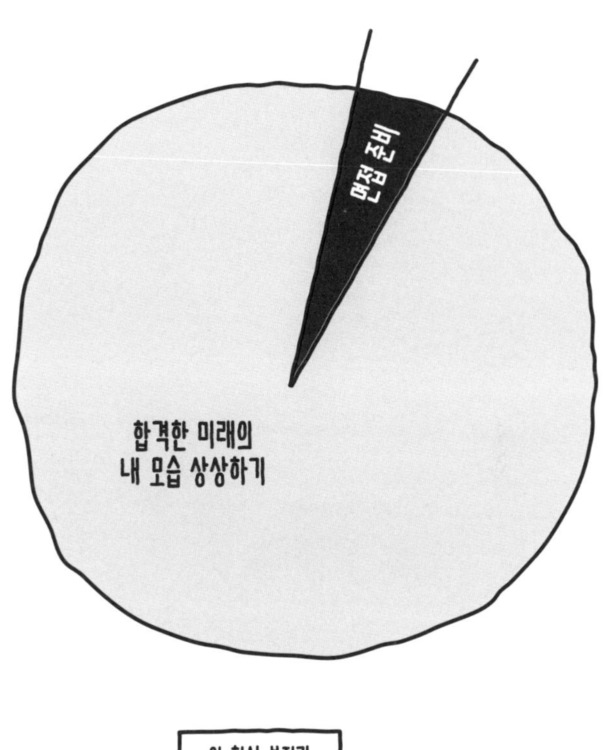

실제 면접 전까지 하는 일

Q. 마음에 둔 가고 싶은 곳이 있나요?

퇴사 지망생

1. 연차를 자주 쓴다

웅성
웅성
웅성
어디서 타는 냄새 안나요?

뜯
어
져
라
!

눈빛으로 달력 태우기

3. 관대해진다…

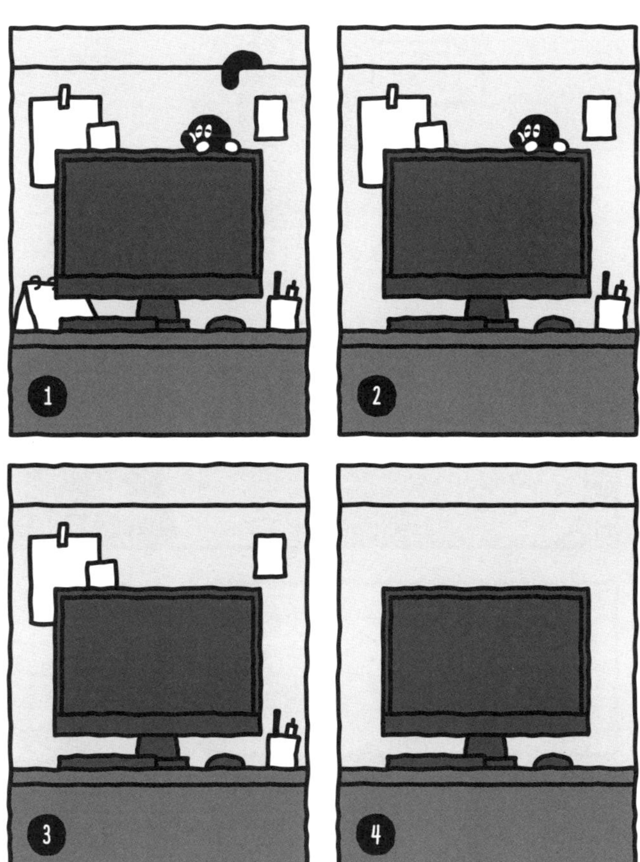

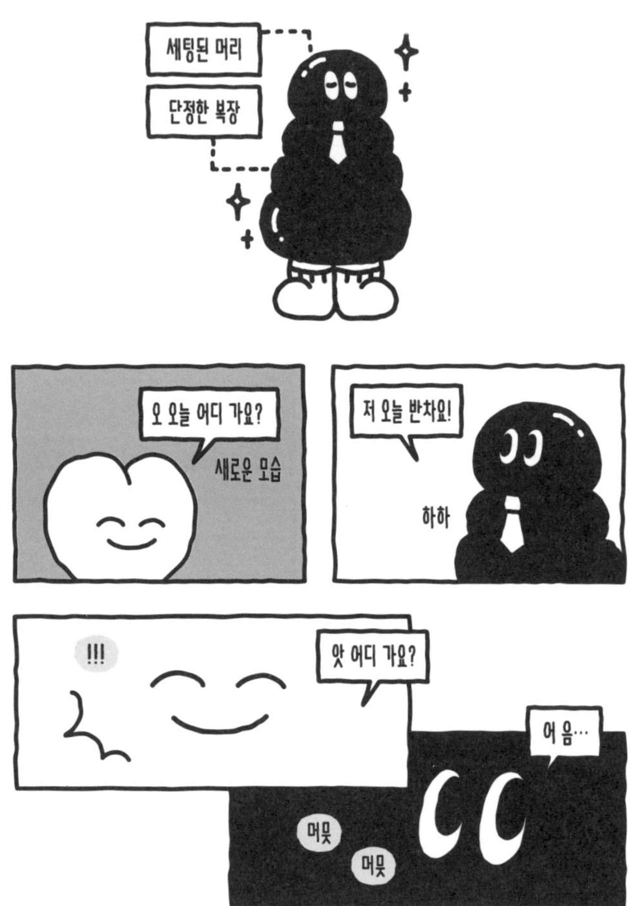

5. 단정한 차림새로 반차를 쓴다
세팅된 머리
단정한 복장
오 오늘 어디 가요?
새로운 모습
저 오늘 반차요!
하하
!!!
앗 어디 가요?
어 음…
머뭇
머뭇

물렁이는 반차를 내고 어디를 갔을까요?

입사와 퇴사, 그 사이를 버티는 날들

쉬운 건 하나도 없지만

그래도 우리는 출근을 한다.

오늘도, 파이팅.

Q. 어떤 말을 해주고 싶나요?

꽤 괜찮은 하루

여느 때와 다름없이 샤워로 정신을 차리고

한 손에는 제일 좋아하는 라떼 한 잔을 들고 출근을 합니다.

N년차가 되었지만 여전히 우여곡절이 있어요.

시도 때도 없이 빌런을 만나기도 하죠.

그럼에도 열심히 나아갈려고 해요.

빌런 따위 날 막을 수 없지!
끙차

가끔은 칭찬도 받고요.

아 감사합니다!
물렁님 이번 아이디어
정말 좋은데요?

퇴근 후엔 소중한 사람들과 함께하고
새로운 회사는 어때?
야 말도 마 완전~

집에 돌아와 나만의 시간을 갖는다는 것

그걸로 충분하지 않나요?
오늘 꽤 괜찮았어 음냐

최고야
오늘도 난 너무 소중해!

환영합니다.
다시, 물렁이의 충분한 내일로.

작가의 말

살면서 늘 '인생 치트키'를 찾고 있었던 것 같아요.
한 번에 레벨 99를 찍는 법,
고구마와 닭가슴살 없이 다이어트에 성공하는 방법 같은 것들요.

물론 그런 게 없다는 건
학교 다닐 때부터 이미 알고 있었죠.
(있었으면 우리가 다 이렇게 고생하고 있겠어요?)
그래도 혹시나 회사에 가면 하나쯤 있지 않을까 기대했는데요.
결론은… 역시 없더라고요. 젠장.

요즘은 마음이 자주 바글바글 끓어요.
별일 아닌데 괜히 욱하고,
이유 없이 답답해졌다가,
갑자기 눈물이 핑 돌 때도 있어요.
그럴 땐 집으로 돌아오면서 혼잣말을 하죠.
'나 왜 이러지?'

어쩌면
저와 비슷한 마음을 품고 있는 분들에게
이 책이 '찬물' 같은 역할을 하면 좋겠다고 생각합니다.

국수를 맛있게 끓이려면 중간에 몇 번쯤
물이 바글바글 끓어오를 때 찬물을 살짝 넣어야 하잖아요.
그래야 면이 더 쫄깃해지니까요.

특별한 이유 없이도
화가 치밀어 오를 수 있는 회사 생활 속에서
이 책이 적절한 타이밍에 들어가는 찬물처럼
잠깐 숨을 고르게 해주었으면 합니다.
펄펄 끓던 마음을 잠시 식히고,
조금은 귀엽고, 조금은 유쾌한 표정으로
다시 일을 붙잡을 수 있도록요.

한숨 돌리고
다시 숨 고르고
이왕이면 감정도 쫄깃하게 정리할 수 있기를.

대단한 각오까지는 아니어도
그냥 다시 눈을 비비며 "아, 또 아침이네. 출근해야지" 하고
문을 나설 수 있는 마음 하나.
그런 사소한 마음이 하루를,

그리고 삶을 조금 다르게 만들기도 하니까요.

하루의 절반 이상을 차지하는 회사라는 공간에서
우리가 겪는 수많은 업무와 관계들이
언젠가는 나만의 성장점으로 남기를 바라며,

오늘도 모두 수고 많으셨습니다.

앗 넘친다!
보글
보글
보글

촤-아

쫄깃해 맛있어
으음

이 책의 본문 디자인 레퍼런스를 찾기 위해 서점에 들렀던 겨울의 어느 주말, 매대를 천천히 거닐다가 문득 이런 생각이 들었습니다. 책이 출간될 무렵, 미래의 독자님은 어떤 표정으로 시가를 서성일까 하는 상상이었죠.

제게는 오래된, 누구에게도 굳이 말하지 않는 작은 취미가 하나 있는데 바로 제가 만든 책을 읽을 독자의 얼굴과 모습을 상상하는 일이에요. 서점에 올 때 어떤 표정이었을지, 구두를 신었을지 운동화를 신었을지, 시계는 스마트워치일지 아날로그일지, 아니면 아무것도 차지 않았을지, 첫 페이지에서 어떤 문장을 기대할지, 그리고 책의 마지막 장을 덮을 때쯤 어떤 감정을 품게 될지 등을 그려봅니다.

꽤나 오래 책을 만들어왔음에도 제가 만든 그 어떤 책도 마지막이 새드엔딩이었던 적은 없었다는 걸 이 책을 만들며 깨달았습니다. 어쩌면 제가 만든 책들은 감정의 격함보다는 오늘을 조금 더 사랑하고 삶을 조금 더 정돈해 보길 바라는 마음을 담은, 숨어서 건네는 편집자의 편지 같은 것이 아니었을까요.

'물렁이'의 엉덩이가 좋았습니다. 이 책을 기획한 이유는 그 반질반질한 엉덩이에 반해서였다고 해도 과언이 아니에요. 의자에 오래 앉아 반딱반딱 윤이 나는 그의 엉덩이는 묵묵한 성실함의 증거였을 테니까요. 이 책이 성실한 일상을 보내고 하루의 끝, 샤워 후 들이키는 맥주 한 모금처럼 느슨해진 마음으로 읽을 수 있는 책이 되면 좋겠습니다.

회사에서 동료나 상사 때문에 열이 받아 '뭐 이런 거지 같은 월급과 직장!'이라고 중얼거리다가도, 우리는 또 다음 날 출근을 해야 하지요. 슬픔과 분노에만 머물러 있다면 삶이 너무 고단할 거예요. 회사를 욕하면서도 꼬박꼬박 들어오는 월급, 우연히 그 공간에서 마음 맞는 사람을 발견했을 때의 기쁨, 처음엔 하기 싫었지만 해내고 나면 뿌듯한 여러 일들까지 좋은 것과 좋지 않은 것이 합쳐져 '0'처럼 보일지라도, 우리는 결국 약간의 '좋음'을 붙잡고 하루를 살아가고 있는 게 아닐까 합니다.

각자가 겪는 일상의 모습이 모두 다르기에 일률적인 응원을 건네기는 어렵지만, 그럼에도 모두들 그 자리에서 오늘을— 잘 살아내고 계시길.

_______ 평범한 일상에 '멈칫'할 수 있는 시간을 선물하는 Aamu press의 1번째 책입니다.

일의 빡침과 기쁨

초판 1쇄 인쇄. 2026년 2월 20일
초판 1쇄 발행. 2026년 3월 3일

지은이. 오이웍스
발행처. 충분한길이와시간
브랜드. Aamu press

기획 및 책임편집. 유예진
디자인. 석윤이
CTP 출력 및 인쇄. 정민문화사 | **제본**. 정민문화사

블로그. blog.naver.com/aamupress
인스타그램. @aamu.press

ⓒ 오이웍스, 2026

ISBN 979-11-997005-0-5(03810)
정가 19,800원